O —

editora Urutau

rua do cajú, 478,
jardim das cerejeiras
06724-015
cotia-sp (brasil)

rua manuel pacheco nobre, 128 - 5º esquerdo
2830-080
barreiro (setúbal)
portugal

[+351] 928053619 [portugal]
[+55] 11 9 4859 2 426 [brasil]

www.editoraurutau.com.br
contato@editoraurutau.com.br

[EDITORA]
debora ribeiro rendelli
[REVISÃO]
marcella sarubi
[PROJETO GRÁFICO]
wladimir vaz
[COORDENAÇÃO GRÁFICA]
tiago fabris rendelli
[DIAGRAMAÇÃO]
victor h. azevedo
[CAPA]
victor h. azevedo, sobre foto de guillaume-benjamin-amant duchenne

dados internacionais de catalogação na publicação (CIP) de acordo com ISBD

brandão, danilo
B817t tempos ainda sem nome / danilo brandão. — cotia : urutau, 2022.
156 p. ; 13cm x 19cm.

ISBN: 978-65-5900-323-5

1. literatura brasileira. 2. poesia. i. título.

CDD 869.1
2022-2316 CDU 821.134.3(81)-1

elaborado por odilio hilario moreira junior - CRB-8/9949

TEMPOS AINDA SEM NOME

DANILO BRANDÃO

[primeira edição]
URUTAU
agosto de 2022

sumário

[7] trinta anos
[12] comédia
[16] dona terra
[23] um minuto
[28] torta de frango
[31] a amputada
[40] sangue
[44] saudades do meu amor
[48] o anão
[57] o décimo terceiro tiro sou eu
[107] i, ii, iii, iv e v
[112] o vazio do não retrato
[116] célia
[120] a separação tirou os seus olhos do lugar
[126] sem saída
[131] querida amiga
[135] a gente sempre volta pra lugar nenhum
[137] fique em casa
[147] flash
[150] tempos ainda sem nome

trinta anos

I

Não tinha um fio de cabelo. Careca. Nu. Por isso, deixava a janela aberta nos fins da tarde. Os ventos invadiam o seu entreorelhas com força. Era do vento e do frio. Era disso que mais gostava.

II

Coloria. Oito horas. Aquilo era o seu mundo e podia dar cor pra tudo. Odiava parar. Só saía para o café. Às quatro. Seus amigos corriam para o computador. Jorravam o verde no sol. O preto virava albino. Riam. Quando ele voltava, não percebia. Nunca. Seguia o padrão dos exemplos.

III

Era infeliz.

IV

Sua mãe acabara ao parir. Foi no parto. Os médicos não seguraram o sangramento. Seus amigos riam da história. Apontavam-lhe a cabeça e diziam que ela não havia suportado era aquilo. O golpe em seu ventre foi duro demais. Uma puta cabeça de alfinete.

V

Tufo a tufo. Rarearam no topo. Duas semanas, laterais. Perdeu: mãe, cabelo, casa. Progressivo. Em ordem pra não assustar.

VI

Mês. Encontrou um amigo. Desses que se encontra e pronto. Nem se vê. Foi morar com ele. Um cara de trinta anos. Exatos. Gastava o tempo entre o trabalho, yoga e cocaína. O cara ficava na fissura a cada quinze dias. Chegava em casa. Ia para o sofá, só de cueca, e olhava pro nada. Seis horas lá. Começava a berrar. Havia achado unhas no sofá de novo. De novo. Com os olhos saltados na sua nudez, lhe perguntava o porquê dele não ter cabelo. Nenhum. Não respondia e deixava a noia se acalmar. Acabava.

VII

Fim da tarde. A brisa no trabalho. Ia colorir e deixava toda a merda pra lá. Era meio automático seu caminho. Desviava das rachaduras e das bostas de cachorro. Pelas manhãs as brisas eram piores. Gélidas e fracas. Ia.

VIII

Não havia estudado até o final. Quinto ano. Fundamental. Os meninos o jogaram na lata de lixo. Sempre recheada de cacos. Fim. Os vidros penetraram a derme. Bem no fundo. Dor. Era a dor mais profunda que já havia sentido. A menina de pernas roliças escarrou bem na sua orelha. Misto de saliva e catarro. Dentro de si. Escorregava pelo pescoço. Fio taludo. Verde-água. Sentiu uma mão ossuda, gigantesca, nas têmporas. Era do menino mais magro. Dono do batalhão. Seu dente voou. Apenas leite, ficou lindo, brilhava no asfalto. O sangue já lhe tomara o rosto e não via mais nada. Confuso. Por último, um jato quente passeou por seus olhos. Nariz. Boca. Era ácido e vinha rápido. Deu tempo de imaginar que era da menina. Apagou.

IX

Sentava na cadeira e pintava mais um pouco. Sempre começava pela banda direita.

Não se lembrava muito bem como caíra ali. Cadeira e mouse. Ombros projetados para o monitor e pálpebras pesadas. Lembrara-se, somente, de que as veias cerebrais entupiram. Ela caiu. Era sua avó. Órfão de novo. No outro dia, foi até o banco. Sacou a grana. Nada. Foi até a banca. Classificados: (11) 96200 – 6969. Foi.

X

Na entrevista, lhe perguntaram quantas punhetas batia por dia e se gostava de colorir. Pacote Adobe completo e duas. Deve ter sido o único a ir. Entrou.

XI

Todos os tamanhos. Uma entrelaçada na outra. Todas as cores. Ele as escolhia. Começava pela banda. Direita. Homem ou mulher. Quando estava repleta de porra, gostava mais. Bem no seio da face da índia. Era sua preferida. Linda, de um branco encardido, quase amarelo, escorrendo pelo lábio dela.

XII

Nos primeiros meses que ela aparecia, nunca terminava. Queria que durasse pra sempre. Jorrava no terceiro boxe do banheiro do trabalho. Em casa, com a cueca na bacia de roupa suja, o amigo não aguentava. Mandava ir se fuder. Não tinha tampa, a bacia. A sala cheirava a porra seca. Aquilo o lembrava da índia e de seu rosto. Todo sujo. Gozava de novo.

XIII

Três por dia. Foram meses. Do nada, ela sumiu. O filha da puta de óculos a tirou. Deu-lhe uma boca branquela e passagens pra Europa. Segurou o choro até o fim. O sol saiu amarelo naquele dia e as demais cores pareciam no lugar. A porta fechou. Era o seu quarto. Desabou. Não foi trabalhar. Sabia que a porra do branquelo já estava na cara da índia. Pronta pra ele colorir. Era diferente dos outros. Ele havia perdido. De novo.

XIV

Desistiu. Não apareceu. Uma semana.

Foi demitido. O cara de óculos lhe deu uma foto na saída. Envelope pardo. A foto da índia. A de verdade. A sua índia. Guardou no bolso. O rosto limpo.

XV

Fazia trinta ali. Hoje. Deu três suspiradas. Uma pra cada década. Jogou a foto da índia no sofá. Lembrou-se da mãe, da avó, dos cacos, do cuspe da menina, do trabalho perdido. Fazia trinta. A índia o olhava no sofá, ouviu um estrondo, seu amigo estava na fissura de novo. Pediu uma pizza pra comemorar.

comédia

I. Depois do ato

Já fecharam. Não. Não quero ver. Deixa ele descansar, moço. Eu não sei. Oxe, como o senhor pode saber de uma coisa dessas? Como pode saber que só os pulmões foram prejudicados? Matuto do diabo. Esse aí já nasceu meio morto. Todo quebrado por dentro. Claro que sofro. Mas isso não é da sua conta. Vá chamar o médico, por favor. Todos já foram. Graças a Deus. Todos se foram.

Doutor, o que preciso fazer agora, a delegacia? Por que precisaria fazer uma coisa dessas? Assinar uns papéis. Como assim? Problema nenhum. Mas em tempos como esses. É um aperreio e tanto. Os ônibus, as pessoas. Os médicos já liberaram, não é isso? Então, moço. Só os pulmões foram prejudicados. O matuto mesmo falou. Já está clara a causa da morte. Vi no celular: não é pra ficar nas ruas. Não é pra dar mole pra ele. Pra ele mesmo. Ele vai pegar. Que dia? Preciso ir pra casa. As meninas não comem há três dias. Filhos? Não. São as nossas gatas. Quer dizer, são as minhas gatas. Agora elas são minhas. Enfim. Estão em casa. Os vizinhos não podem cuidar. Não entram em casa.

Têm medo. Devem ter revirado tudo atrás de comida. Da última vez foram fundo no bueiro do quintal. Pegaram uns ratos que moscavam por lá. Foi sujo. É uma complicação. Uma complicação. Já vou indo. Vou indo. Onde está Meire? Não me liga há dias. Dias que não liga.

II. O ato

Meire ligou e disse que seu filho tinha morrido. Pegou ele. Pegou a doença. Menino novo. Ruim de escola, mas bom filho. Mais ou menos trabalhador. Preguiçoso. A televisão ligada. Como sempre. Mal se podia pensar com todo aquele barulho. Homem dos infernos. Ela mesmo me disse. Os hospitais estavam abarrotados. Não tinha vaga. E seu filho morreu na esquina. Gritando um último suspiro, como se tentasse tragar o resquício do cigarro aceso há muito tempo. Era sua derradeira força. A busca pelo último ar. Estranho. Esse negócio rouba o ar da gente, é? Como pode uma coisa dessa? Já vou. Está no fogo. No fogo, homem. Diabo. Como pode uma coisa dessa? Um homem desse. Meu Deus. Como é mesmo que Meire disse? O filho tentava ir pra casa depois de ter seu atendimento recusado. É. Era isso. Era só ter escutado o menino. Mas que diabo de hospital. A enfermeira disse que não tinha como. Que coisa mais estranha. Como um hospital pode não atender? O menino se irritou. Puxou Meire pelos braços e atravessou a sala de atendimento com ódio. Passou pelos corredores. Foi direto pra rua. Antes de colocar o pé na recepção, o ar acabou. Teve sorte de andar mais alguns passos até a esquina. Caiu. Isso Meire contando, não é. Vai saber. Coisa mais esquisita. Meire não ia inventar uma história dessa. Os mortos. Eles não estão mais fazendo exames para saber a causa da morte. A morte. O que seria mais uma morte? Todos estão indo. Meire me disse mais uma coisa. Mas essa televisão não me deixa pensar. Meu Deus. Homem dos infernos. O que era mesmo? Ela não me deixa pensar em mais nada. É enlouquecedor. Ainda dói. Homem dos infernos. Ainda dói aquele da última vez. O tapa ainda está na minha cara. Não é nada engraçado. Desgraçado. Mas você ria. Caralho. Eles não estão mais fazendo os exames. As pessoas estão morrendo. As mortes no país. Não tem mais ninguém nas ruas. No fogo. A comida está no fogo. Tudo que preciso está no meu bolso. Vai, minha filha. Anda com isso. Puta que pariu, que barulho. Que merda de barulho. Que merda de homem. Que merda de vida. Essa televisão. Pega, menina. Dança. Lembro que tinha dança. A gente se conheceu durante uma dança. Isso. Puxa. Puxa. Joga na mesa. O filho de Meire era ruim na escola, mas bom menino. Já foram oito vezes. Homem dos infernos. Oito tapas no mesmo lugar. Barulho. As mortes hoje subiram ainda mais. O país já nem existe. Como podem não ter atendido com o menino dentro de um hospital. Com o menino dentro de um hospital. Manifestantes tomaram as ruas nesta quinta-feira pedindo o fim do isolamento. A volta do comércio. Cala a boca, homem. A televisão. Inferno. A vida normal. Manifestantes. Não estão mais fazendo exames. As pessoas morrem, mulher. Elas morrem e eles agora nem querem mais saber a causa. Manda pra cova. Perfeito. Isso. Manda. Pega. Agora pega o outro. O outro. Estou velha. Pega o outro. Joga na mesa. Que barulho é esse? O jornal acabou. Ele vai levantar. Anda. Pega o prato, a colher, o feijão, o chumbinho, o apontador, raspa o chumbinho, joga o arroz, a carne. Ele vai levantar. Aponta o chumbinho, empurra ele. Joga mais pra dentro. Afunda. Afunda no apontador com o lápis. Acabou o jornal. Lá vem ele. Um minuto. Acaba de ficar pronto. Vou tirar do fogo. Agora mesmo. Voltou. Aponta o chumbinho. Larga o lápis. Aponta. Mistura. Dá pra ele. Volta. Aponta o lápis. Aponta. Homem dos infernos. Come tudo. Você não passa de um número. Agora.

Aponta. Aponta. Aponta o lápis. Assiste a derrota do país. Minha vitória. Acalma. Eles nem estão mais fazendo os exames.

A novela já vai começar.

dona terra

I

Seus passos mancos, tortos, desastrados, davam arrepios a quem estivesse no ambiente. Quando pequena, dona Terra a colocava em pé no corredor imenso e gritava.

II

Em linha reta, Amanda. Ande em linha reta. Pelo amor de Deus.

Mas a criatura não conseguia. Avançava caminhando. Batia nas duas paredes. Olhava para baixo. Caia. Tentava de novo. Quando, a muito custo, conseguia chegar ao final, olhava para trás. Buscava o olho da mãe. Perdida. Encontrava ela também de cabeça baixa. Como era seu costume, apalpava o bolso detrás da calça em busca do isqueiro. Achava. Acendia o último do maço e olhava para o horizonte. Era decepção. Às vezes, em dias bons, ia até a menina que a esperava com os braços estendidos. Dava dois tapas de leve em sua cabeça e a incentivava a tentar novamente. Mas, na maioria das vezes, apenas virava e partia em direção à porta. Sem esperanças.

Cabia a mim. Puxava-a contra meu colo e a levava comigo até a cozinha.

O pai havia morrido. Ou desaparecido. Ou se mudado. Dona Terra dizia uma história diferente a cada noite. Eu até gostava de ouvir. Ela ficava lá sentada no sofá, com um copo de qualquer coisa na mão e me contava como ele era. Qual tinha sido a sua reação ao descobrir a doença da filha. Tudo o que poderia dar errado em um amor. Um amor triste. Sozinho. Como todos são. Depois de meia hora, cansava. Ligava o aspirador para escutar num volume mais baixo os detalhes da história. Ela não se importava. Continuava falando. E não importa mesmo. A presença de uma empregada dentro de uma casa dessas não importa. O mais importante é o fim. Quem vai executá-lo não importa.

Envolta num luto eterno, dona Terra jamais recebia visitas. Não saía de casa. Mandava eu buscar o necessário no mercado, na farmácia, no bazar. Pronto. Suas amigas, aos poucos, foram desistindo de telefonar. O telefone tornou-se um objeto fútil naquele ambiente. Era desrespeitoso mencionar que a menina estava pálida, precisava de sol. Ou quem sabe correr um pouco pelos parques públicos da cidade poderia ajudar a consertar seus passos tortos.

III

Não. Não enquanto ela não terminar o corredor em linha reta. Linda. Como uma bailarina. É assim que deve ser.

O martírio era dobrado. A menina crescia e mais estranha ficava. As sobrancelhas tortas. O maxilar protuberante. A coluna que brincava de zigue-zague com o resto do corpo. Não tinha sorriso. Não aprendeu. A nossa relação ficava no meio-termo. Por mais que fosse uma menina pacífica, reagia com facilidade. Rapidamente aprendeu que, usando a força, não era obrigada a nada. Enquanto eu a carregava no colo até o banheiro, dava empurrões em meu queixo. Aprendeu os beliscões. Mordidas. Chutes. Enforcamento. Queimaduras. Socos. Cabeçadas. Empurrões. Cotoveladas. Joelhadas.

E eu não tinha forças.

Sua mãe não queria ter.

Pendurava-se na sacada e olhava para as pessoas. Pareciam ter os passos normais. Andavam em linha reta e pareciam certas para onde iam. Mas isso é o que eu acho que ela pensava. É impossível saber o que se passa na cabeça de uma menina que nem ela. Impossível. Mas passava horas ali, só olhando.

IV

Não tem nada na cabeça. Essa coisa. Dizia dona Terra.

Eu não concordava. Mas não rebatia. Todo mundo tem alguma coisa na cabeça. Sem exceção. É coisa de patroa achar que a gente é coisa. E a menina era meio isso pra dona Terra.

Em dias de chuva, as horas passavam mais duras. Dona Terra travava uma guerra particular contra os pingos. Gritava meu nome. Os olhos travados no horizonte. Não importa o que estivesse fazendo, ela me puxava com toda a força que podia ter e gritava.

V

Fecha. Fecha tudo. Traz os panos. Eles não podem entrar. Não podem entrar. Eu sinto. Eu sinto elas borrarem minha pele. Eu sinto.

Não adiantava. No começo, até tentei tirar isso da cabeça dela. Dizia que era algo passageiro, que se acalmasse. A chuva ia parar. Nada ia inundar a casa. Mas a mulher ficava maluca. Eu me acostumei com aquilo. Parar de argumentar. Na verdade, desconfio que nunca prestou atenção em nenhuma palavra minha. Nada. Era tudo tão mecânico. Eu fechava todas as dezesseis janelas do apartamento. Colocava dois panos de chão embaixo de cada uma delas. Trazia para perto das mãos os rodos e vassouras. Era simples. Enquanto a chuva rolava, eu cuidava para que nada pingasse dentro do apartamento. Enquanto isso, dona Terra se enfiava no sofá com a menina nos braços e balançava. Tremia todo o corpo. A menina se deixava levar pelo que, talvez, eram os únicos momentos que a mãe chegava perto dela e trazia o corpo junto ao seu. A chuva caia e eu de pé com os panos na mão e as duas se encarando como se não fossem dois seres que nasceram de si.

VI

Fecha essa porta. Fecha isso logo. Pelo amor de Deus.

Tudo terminou pelo celular. Lembro do dia que ela jogou o aparelho pela sacada. Expulsando algo muito sério dali. Chorava. Era mais uma de suas crises. Assim: um dia, na tentativa de tentar capturar o último fôlego da mulher, uma amiga apareceu em casa de repente. Foi onde tudo começou. Aquilo a desnorteou. Me puxou de canto e mandou ir passar um pano no banheiro. As lágrimas caiam de todo o seu corpo, estava ensopada. A casa estava oleosa. Escorregadia. As paredes encardidas de pés e mãos que se deixam levar. Os móveis repletos de pó. Os objetos de decoração desgastados. Ao entrar, no entanto, a mulher não demonstrou surpresa. Pelo contrário. O olhar era de consternação. Olhar de quem já imaginava o que estava por vir. A menina ficou enfurnada no quarto. Como sempre lhe cabia nessas raras ocasiões.

VII

— Terra, olha pra mim.

— Oi.

— Isso já deu o que tinha que dar.

— Sim

— Pega. — Entregou-lhe algo.

— ... — Pegou. Olhando pra baixo.

— Levanta. Pega suas coisas. Traz a menina. Tira essa mulher daqui. Vamos sair. Vamos embora.

— Está bem.

— Vou te dar dois dias.

— É tudo que eu preciso.

— Tudo bem.

Era um celular, a amiga lhe entregara o aparelho para não perderem mais contato. Nunca mais. Saiu com a mesma expressão que entrou. Parecia ser mesmo a última tentativa. Uma conversa cansada. Morta. Não usou o banheiro. Fiquei feliz. Nada ia mudar.

VIII

Foi até a menina. Estava no centro. Na sala. Agachou. Mostrou o celular. Olha. Olha o que faço com essas coisas. Olha. Tacou pela janela. Com tudo. Olha aqui. Coloca essa menina no quarto. Perde alguns minutos lá também. Anda. Desabou. Chorava.

Jogou como se fosse um papel. Molenga. Com sua postura de s, sua aparência grotesca, a menina estava ainda mais assustadora naquele dia. Nada. Nada a fazia ficar quieta no quarto. E é estranho. Estranho olhar para o senhor e pensar em como tudo isso aconteceu. Estava eu e menina. Já havia escurecido. Ela se debatia tanto. Chutava minhas pernas, as portas, minha pança. Dizia querendo não dizer. E, pra falar a verdade, estava esperta. Passamos uma hora nessa luta. Uma hora. Não aguentei. Ela escapou de meus braços. Não saiu de primeira, como era de se esperar. Tropeçou. Depois foi. Parou. Me olhou. Mordeu minha orelha. Depois, foi arranhando o piso com seus passos ásperos até a sacada. Foi direto. Como sempre ficava, olhou pra baixo, parecia feliz. Eu estranhei a ausência de dona Terra. Ela nunca saía. Tentei entrar em seu quarto. Fui até a cozinha. Não estava. Tava tudo bem. Eu não queria pensar muito. A partir daí, foi tudo num único jato. A menina puxou meu rosto, minha mão e me arrastou até a sacada. Olhei pra baixo. Lá estava o corpo. Sorrindo. A menina também sorria. Não pensei. Não queria. Olhei novamente pra baixo. Pra menina. A desgraçada. Estava perdida. Não merecia. Quando ela foi se afastar, eu segurei seu pulso. Trouxe para perto de mim. Num vulto só, a levantei. Seu tronco ficou metade para a vida, metade para o apartamento. Empurrei tudo que pude. Aquele saco. Aquela matéria. Enquanto caía, tentou se virar para me olhar nos olhos: pela primeira vez. Ela não tinha chance. Só restava morrer.

IX

Dois crimes. A empregada confessou tudo. A partir de agora, tudo será resolvido com mais facilidade.

um minuto

I

Trouxe-me o café. Amargo. De novo.

II

Meu pai tinha um jogo. Era algo meio desconcertante. Esquisito. Ele me parava de frente pra cara dele. Ao fundo, passava a borrasca do fim da tarde. Aquele abismo entre nós. O vendaval levantava meu vestido de renda. De repente, ajoelhava-se. Olhava nos meus olhos. Era estranho. Ele amava isso.

— Veja. Fique quieta. É pra ficar quieta. Você conhece Bergman? Ele é dos bons. Veja. Olhe pra mim. Olhe. Veja. Sabe quanto dura um minuto?

E era isso. Ele não falava mais nada. Ajeitava-me. Olho no olho. Um minuto. Inteiro. Aqueles olhos duros. Horríveis. O clima em preto e branco. Você já viu quanto tempo dura um minuto? Assim, no silêncio. É eterno. E ele fazia isso. Sempre.

Lembro-me dele agora. O tempo por aqui é uma sequência eterna de um minuto silencioso. Oblíquos.

O relógio em um hospital corre na vertical, em direção ao céu. Parece uma viagem sem fim. Afinal, é.

III

Que bom que você veio. Parece mais magro. Tem comido? Entendo. A vida é mesmo assim. Minha mãe tinha um método ótimo para me fazer comer. Ela prendia meus pés na cadeira e me surrava com os pés cada vez que eu recusasse. Eram cadeiras cor de rum.

Ela havia herdado de sua mãe há mais de um século e nunca se desfazia do método. Eu não pude reproduzir com vocês. São outros tempos.

Fazia de pirraça. Deixava a alface intacta de propósito no prato e papai nada fazia. Ele odiava os barulhos das surras.

— Deixe a menina comer o quanto quiser. Não é assim que tem que ser? Cada um sabe de si. É. Veja. Tem que ser assim.

Ele sempre vomitava essas reflexões. Toda hora. Em qualquer ocasião. Quando cresci, passei a ignorá-las. A gente vai escutando menos os velhos. Deixando eles cada vez mais intactos. Esperando a morte os visitar. Um dia, ao chegar de uma competição, não consegui distingui-lo do aparador. Foi estranho. Passou rápido. Aquilo passou despercebido. Depois, no banho, lembrei. Nem havia lhe cumprimentado.

É engraçado. Sério. Não ria assim, menino. Você nem lembra mais dele. Não disse. Logo não lembrarão de mim também. Não lamento. Quando você nasceu, ele já estava muito mal. Delirando sobre uma manta azul. Escondendo-se do Bergman. Enfim.

Diga, como ela está? Sabida. Sim. Lembro quando você veio com ela no colo. Ainda estava na televisão. Bons tempos. Não tenho visto mais. As coisas estão esquisitas. Não sei se volto. Saudades.

IV

Hoje? Bom saber. É um grande evento. Lembro-me daqueles homens todos me rodeando. Eles olhavam minha saia branca se levantar quando partia para o saque. Ávidos. Pediam, por bilhetes, para lamber minha raquete.

Sim, eles lambiam. Teve um, veja só, que me deu um pacote na entrada das qualificações. Era louco por mim. Me acompanhava por todo o circuito mundial. Guardei no bolso e joguei com ele. No bolso. Após a partida, abri. Era cocaína. A gente usava muito nessa época. Era um sueco com certas, digamos assim, ideias tortas. Mesmo assim, era louco por mim. Uma brasileira, veja só. Gostava como me olhava. A gente terminou com ele cheirando na minha raquete. Eu ria e ele cheirava nu em cima da cama. Era um jogo. Chamava-o de nazista de merda e lhe dava com a raquete nas bochechas. Ele. Nu. Caía. O pó coloria o quarto.

Era um lindo hotel londrino. Ganhei aquele ano. Era lindo. O sueco. Não seja bobo. Se conto é porque nada mais importa. Chega de indiscrições.

V

Como ela está? Ah, sim. Crescida. Já disse. Verdade. Lembro quando você me trouxe ela pela primeira vez. Lembro mesmo. O tempo passa devagar aqui. Você gosta de Bergman? Sim. As enfermeiras são boazinhas. Tem uma que até sabe quem eu sou.

— Bom dia, dona Esther! Meu filho mandou dizer que é fã da senhora.

Descobri ontem. Eles fazem isso com quem está morrendo.

Só aceno. Não sei se é verdade. Jovem nenhum me conhece. Ora. O filho dela não deve ter nem trinta. Quem? Ah, sim, lembro. Coitado do homem. Estamos todos morrendo, filho. Igual a meu pai. Igual a seu pai. Igual a você.

Nunca muda nada nessas horas. A enfermeira vem. Traz o chá da tarde. Passa a mão na cabeça. Dá um sorriso forçado. Como está se sentindo? Que bom. Ótimo. Os exames sairão em breve.

Fica um silêncio esquisito. No geral, eles ficam nisso. Passam para o próximo. Repetem a cena. Mesmo roteiro.

Esses dias, olhe o que ela me disse: meu filho falou da senhora. Falou que tinha visto você na televisão. Tá todo mundo torcendo por você. Ele é um grande fã das suas jogadas. Uma lenda no mundo do tênis. Gosta da senhora. Você foi a maior.

Aí ela vai embora. É algo mecânico. Forçado. Se tivesse sido uma engenheira, seria igual.

É uma desgraça. O fim.

Já vai? Ok. Mande um abraço pra ela. Lembro quando você veio com ela no colo. Ainda estava na televisão. Bons tempos. Chegue mais perto. Você sabe quanto tempo um minuto? Chega. Eu sei. Até mais. Lá vem ela de novo. Dê um beijo na sua amiga. Ela é mesmo muito bonitinha.

torta de frango

Aquele cheiro era foda. Ela fazia uma torta de frango que queimava na parte de baixo. Toda sexta. Era religião. As pessoas são, em geral, um agridoce entre engraçadas e estranhas. Às seis, começava. Eu estava na primeira tragada da noite. Conseguia distinguir sua silhueta através da cortina florida. Era com graça. Com graça que ela se mexia no centro da cozinha. O centro do mundo.

Às oito. Era em ponto. Ele entrava a passos lentos e se jogava no sofá. Pra tomar coragem. Os anos pesam como cadáver apodrecido nas costas dos casais. Seu tórax explodia uma. Duas. Três. Pela janela, eu percebia seu dorso corpulento. Na cozinha, ela fingia. Gostava que demorasse pra aparecer. Emulava uma preocupação com a crosta. A crosta da torta. Ela sempre tava lá.

Às nove, às sextas, eles iam para o quarto. Ali, eu imaginava. Uma, duas, três tragadas. Quatro doses. A torta já esfriava na mesa de jantar e me espancava o rosto com seu cheiro. Nove e meia.

Saíam meio que entediados. Com a calça desabotoada e o vestido revelando parte das coxas pálidas. A torta se extinguia. O silêncio tomava conta daquela cozinha de uma forma arrasadora. Era fadiga. Sexta. Casamento: não terás outros deuses diante de mim. Ele era o marido. Ela, esposa. Aquilo era surreal. Um ambiente todo contorcido e desfocado por cheiro de torta e instituições.

Eu estava sozinha. Sentia-me melhor que eles.

Meia noite. Eu jogava pra dentro o último pedaço de torta. Ela trazia em um pote de plástico todo manchado de molho. Chamava-me de ogra. Ria. Contava-me que ele gozou em dois minutos e apontava, de forma sincronizada, as sobrancelhas e os olhos para o teto. Toda sexta ela vinha. Tinha o riso pesado. Penava a aparecer. Seus dedos cheiravam a alecrim e ficava até as três. Ele pode acordar, dizia. Nunca acontecia. Mas era casamento. Pra me despedir, eu empurrava seus dedos pra dentro de minha boca. Era alecrim.

Um dia lhe pedi pra ficar. Não ia acontecer, ele não ia acordar e por que ficar com um brocha que é viciado em torta de frango? Eu disse. Era uma merda. Um tédio. Não me respondia e olhava através da janela, através da cortina. Direto pra cozinha. A forma, vazia, ficava em cima da mesa.

No meio do breu do quarto, dois cristais brilhavam em sua face. Era linda, afinal. Estava cansada e aquilo era a vida. Nunca me respondeu.

Não ia rolar. Estava queimando de febre. Que voltasse na semana que vem, mas com o brocha e uma torta inteira só pra mim. Ele ronca, ela disse. Soltou seu riso pesado sob mim. Eram dez.

Voltou. Não sexta. Terça. Ela. Ele. Mãe e pai. Eu no centro. Cobria meu cobertor com os cristais que saltavam de seus olhos. São muito amigas, seu marido explicou para os meus pais. Era choro e pena. Eu era a terra, afinal. Faltavam-me apenas dois dias e o som de seu choro pesava mais ainda. Era foda.

Eu, que pequei, enfim, jejuei, descansei do meu amor. Sob os olhos do brocha e do lado da torta. Ela não esqueceu. Meu quarto cheirava a frango e alecrim quando me extingui.

a amputada

O vento soprou quente lá em cima e me despertou. Embora tudo fosse quente em contato com meu decapitado corpo.

Mais um dia.

Me trouxe um bolo desta vez. Faz de propósito. Eu sei que faz. Se aproveita do fato de eu estar afundada por essas amarras. Me espezinha com toda a força. Odeio bolo. E ela sabe disso. Sinto seu sorriso. Sinto sua ironia. Seus tantos braços e pernas que se penduram, giram e surram o ar. Tenho vontade de te matar. E isso me mata. Muito mais do que saber que estarei aqui pra sempre.

Quando se perde as extremidades, o fio da linha se esvai. É quase impossível achar o começo e, por isso, tudo fica muito confuso.

Perdi os braços a dentadas, as pernas com uma faquinha de cortar pão. Brigando com outro humano, eu acho. Ou talvez por um erro médico. Um diagnóstico errado. A medicina nem sempre avança, ao contrário que nos dizem nos jornais. Mas isso não é certo. Não lembro de nada. Minha memória também se corroeu.

Restou-me apenas uma fenda invisível pela qual sinto o mundo disparar sua normalidade. Também consigo mexer as pequenas protuberâncias que sobraram, embora sempre com dificuldade. Fui salva. Precisaram apenas de trinta e duas cirurgias e mil oitocentos e oitenta e nove dias no hospital para isso. Fui salva. Vivo agora em uma cama hospitalar instalada na sala da minha casa. Um retângulo frio que me fixa na realidade e não deixa eu ir pra lugar nenhum. Nunca mais. Os cheiros aqui se misturam. Sovaco, merda e almíscar fresco. Combinação que, confesso, me agrada. Tenho alguns filhos, mas só uma ficou. Eu a detesto e a mandaria pra longe daqui se pudesse recuperar ao menos um de meus membros para me limpar.

Os novos tempos que me fazem tão triste. Silêncios eternos empedrados sob as rodinhas de uma cama hospitalar. Apesar de dormir sempre com dificuldade, vivo sonhando com um banho de mar.

Finalmente voltei. Voltaria sempre. Todos os dias. A força do mar molha os meus tornozelos. O vento faz seu trabalho. Me toca, me seca, me molha. O mar vai embora. Até mais uma onda recomeçar. Sento e sinto a areia sob meu corpo. Meus movimentos de volta. Rodeia minhas coxas, cintura, peitos, costas, pescoço, nuca. Sinto o seu toque. Deito aos poucos. A areia me contorna. Então mais uma onda nasce. Renasço. Me afundo, inteira. Me entrego em seu forte bater. Gosto de tomar banho de mar. Fecho os olhos e sinto alguém me chamar. Vai embora. Vai embora, filha. Esse sonho é só meu. Aqui você não pode entrar. Jamais.

Foi aqui. Nesta exata cama que minha mãe morreu há quatro anos. Nesse lugar, só se ouve o som da morte. Lento. Vagaroso. Eterno. A morte gritando.

Penso que minha mãe passou por momentos difíceis. Penso também na piada que Deus preparou para nós duas, nos deixando o mesmo destino. Vozes confusas. Misturadas. Que personagem engraçado é Deus. E agora tudo se mistura. Eu e minha mãe.

Por toda a sua vida nesta cama, usou um vestido branco. Muito antigo e cheio de babados. Em volta da gola irregular, deslizando pelo pescoço, a Maria Santíssima do Refúgio, companheira de uma vida.

Não havia nada além de brancura, brancura, brancura. Nenhuma vez escutei o seu queixume de estar naquela situação. Melhor assim.

Os amputados dormem pouco. Quase nunca. Às vezes cochilam. Nessas horas, sempre sonham. Fecham os olhos e batem as mãos e levantam os braços e giram. Giram, giram. Sem nunca parar. E isso é a única coisa que nos resta fazer.

Apenas ruídos calados. A manhã crescia pela janela, daqui, nunca havia estrelas no céu, que estava sempre cinzento e anunciando a chegada de mais uma jornada triste.

Mandei tirar a televisão, fechar as janelas e tapar os vazamentos do portão. Não me interessa mais o mundo exterior. Exceto pela fantasia. Não tenho mais braços, nem pernas, mas meus quatro cotos estão perfeitamente cicatrizados e endurecidos, graças a um rigoroso cuidado médico. Dessa forma, se quisesse, poderia me deslocar de uma forma grotesca pela casa. Mas isso também não me interessa. É apenas meu sexo que está perfeitamente vivo. Eu já morri. E quando digo que apenas fantasias me interessam, devo me explicar melhor. Apenas as sexuais. Fiz disso a minha diversão e uma profissão. Já não posso mais viver de outra forma. Posso apenas foder. Sempre que quiser. Desde que o rapaz ou a moça entenda os percursos que devem recorrer. Os rituais a seguir ao transar com uma amputada. É preciso cuidados com os inevitáveis furúnculos das costas. Certificação de que todos os curativos estão bem fechados. Caso contrário, meu corpo pode expelir durante o ato um fétido pus amarelado e eu padeço de dores instantâneas. E tudo se acaba. Tirando essas minúcias, descobri o dom de ser um objetivo sexual ativo. Homens e mulheres. Curiosos e experientes. Todos me visitam para saber como é fornicar com a amputada. Uma possível repugnância se transforma em atração em poucos segundos de observação. Algumas mulheres chegam a me amar, os homens se viciam é pela feiura do ato. Amam tudo que sai de mim. E fazemos, juntos, uma dança infinita dos gerúndios. Cagando, mijando, cuspindo, arrotando. Vamos juntos até o fim. Embora sem nunca esquecer de que estamos em uma cama hospitalar.

Um pranto suave, mas agudo. Estou morta, dizia. Mas não me mataram, completava. Eram tempos repletos de ecos. Fechamos todas as janelas que poderia ter com o mundo lá fora. Pra te proteger. O som da rua, a televisão, celular e os jornais. É que a alegria me cansa, ela repetia. As pessoas desenvoltas passeando pela vida deixavam mamãe exausta por si, por elas. Vamos todos morrer. Um dia. O meu já passou, mas me esqueceram aqui.

Não sou uma criatura. Sou cria. Posso ejacular, ter orgasmos, jorrar. Ainda gozo. A cada visita, eu gozo. Para entender meu corpo é preciso ter calma e paciência. Com perseverança e sem preconceito, você pode encontrar beleza em tudo nessa vida. Mantendo um olhar centrípeto. Focado. Sem ceder à tentação de olhar para as extremidades. Fique entre os seios. Fantasioso. Sexualmente liberto. Disposto a desvendar esse labirinto. Ainda gozo. Gozo. Gozo.

Depois que morreu, sua imagem foi se esvaindo da minha cabeça, a vida havia voltado por completo. Seus pertences no lixo, as toalhas queimadas, o urinol doado e a cama hospitalar posicionada no quartinho de despensa.

Tudo no seu lugar.

Ruídos. Vozes. Rumores. Novos caminhos. O cruel da vida é seu jogo de cena constante, eu estava de volta à cama em menos de quinze anos. Regressei para o mesmo lugar. O espaço de teto reservado para aquela mulher contemplar a crueza da vida. Eu voltei. Tornei-me também uma amputada. Era a minha vez.

Tal qual mamãe, me transformei em uma figura paquidérmica sem patas. Uma figura geométrica, com o formato de um quadro. Enfaixada da cabeça aos pés. Caduca de alma. Sem poder de encaixe. Uma vida que jaz em cima de um colchão. Repleta de manchas e marcas pelo corpo inteiro. Fatiada. Reduzida. Semimorta.

Vou ficar aqui, disse ao voltar do hospital. Todos me olharam desconfiados. Aqui. No mesmo canto de sempre. A cama está tão dura quanto antigamente. A gente brincava de deitar quando ela ia ao banheiro, lembram?

Todos balançaram a cabeça.

E então me deitei para esperar a morte. Ouvia apenas o barulho do meu estômago enrugado artificialmente pelos remédios. O aperto dos curativos. Os cortes das feridas. Mais nada.

Mandei voltar a televisão para seu lugar, mas nunca liguei. A ilusão pode custar caro quando se está reduzida para sempre. Havia apenas um único fiapo que me ligava à vida. Queria ser uma estrela-do-mar. Poder, enfim, trazer a vida meus membros decepados.

Não me consola com seus cuidados e remédios comprados. Só me espreme mais e mais para se sentir melhor. Para se certificar de que ainda vive. Apesar de mim. Melhor que todos os outros filhos, todos dizem. Pois eu a sinto pior. Mais sádica. Cruel. Me virando de um lado pro outro para provar sua força devoradora. Pronta pra vida. A sinto pior. Muito pior. Que me deixasse morrer ou morresse de uma vez.

Afinal, estou deitada na cama onde morreu mamãe, mas isso já faz muito tempo. Suas lembranças me visitam, sua voz ainda mora aqui. Mas isso já faz muito tempo. Quase todos os dias, redescubro seu cheiro em um canto inexplorado no colchão.

Algumas noites, nós dormíamos sobre o mesmo colchão, sob o mesmo cobertor de lã azul, com o mesmo travesseiro alto que agora serve de descanso para minha cabeça, ela me olhava com a pouca força que lhe restava e me encaixava num canto qualquer.

Não se assuste, meu bem. Entenda-me. Eu, vista assim de cima pra baixo, enquanto você me espreme, pareço menos criatura. Estou me desfazendo enquanto você me olha com um olhar libertino feito para cumprir uma missão. Como se me autopsiasse. Enquanto me cavouca por dentro, procurando por algo impossível de encontrar. Quando você terminar, vai se levantar e se tornar automaticamente um observador desta cena. Basta querer. Ainda posso gozar apenas com o seu olhar. Há poucos segundos, estava cego, afundado por entre as minhas coxas decepadas no meio, acendendo meu centro, como há muito tempo não acontecia. Precisa ser mais rápido. Ela não vai nos deixar em paz por muito tempo. Goze agora. Rápido.

Ainda posso sentir o golpe pesado de sua respiração, suas palpitações e suspiros que me acalentaram durante as madrugadas de inverno. Posso senti-la viver deitada neste colchão. Mas isso é falso. Falso. Ela já estava morta. Há muito tempo.

O que ocorre é que agora não tenho mais pra onde ir. Estou aqui, deitada de barriga pra cima, tentando encontrar formas de burlar a solidão. Tentando esquecer que estou reduzida pra sempre. Porque não estou deitada apenas por um breve período, como os enfermos a salvo em um hospital. Estou dentro de um caixão eterno, do qual jamais poderei sair. Também estou morta, mamãe.

Uma mulher que não é mais deste mundo.

Agora você já sabe como sou. Já sabe como é a mulher sem membros que tanto dizem por aí. Sou antes um ser vazio. Por anos, tiraram os resquícios da minha epiderme, amoleceram os meus ossos, expuseram as minhas vísceras, me deixaram inteiramente vazia. Mas nós ainda podemos ter um ao outro. Pode me usar como sua oferenda. Não olhe pra trás. Não pense na minha condição. Não vou a lugar nenhum sem você. Fui aberta como um animal indefeso. Retiraram os meus membros. E fiquei imóvel, trazendo à luz outras questões da vida. Tornei-me o ovário mágico de todos vocês, mortais normais. Sêmen, sangue, suor. Pra dentro de mim. Um buraco que nunca se preenche. Tudo o que vocês trazem do mundo exterior, depositam em mim.

Sinto mais a cada golpe do relógio nas horas do dia, e essa solidão não se reparte. É só nossa. Condenação. O motivo pelo qual estamos aqui. Ficamos pobres e magros, como tudo que é velho. E a isso chamamos de destino.

Eu sou a escolhida. É isso que me paralisa

Eu sou a escolhida. Vou gozar eternamente

Interminável quietude. Por que não simplesmente a morte? Por que esse corredor eterno de lembranças? Nunca saberemos. Alguns são os escolhidos.

Não penso em minha filha. Não me importo com ela. Seu destino vai ser cruel. Mas esse tempo ainda não chegou. Agora, pare de sonhar. Agora, feche os olhos. Pense em nós dois novamente. Pela última vez.

Estou acostumada a me sentir morrer um pouco a cada dia. Pedaço por pedaço. Meus olhos mal se fixam no presente e vão de uma recordação para outra.

Acho que estou pronta.

É possível que Deus exista. Mas, a essa altura, do que importa? O mundo poderia ser mais generoso com minha existência? Naturalmente, existem criaturas mais desgraçadas e, no último dia vida, não faz diferença. Sobrevivi e, apesar das aparências, faço parte da raça humana. Isso que importa.

Seria a vida esse amálgama entre virtude e pecado dançando sob as gerações? Talvez, talvez.

epílogo:

Está esperando o que para morrer?

A morte, mãe.

Você acredita no Inferno?

Sim. Acredito no Céu e no Inferno.

Só acredito no Inferno.

Você está aí.

Estou.

Eu vi você morrer.

O que está dizendo, mãe?

Estou dizendo o que acabo de dizer.

sangue

Papai estava dentro dele e mamãe gritava na sala e vovô estava na cozinha com Dora. Um caixão enorme e parecia pesado. Como é que foi isto? Ele estava se empanturrando de macarronada. Com o colarinho sujo de molho à bolonhesa. Subiu as escadas e, no quarto, tirou as botas. Resmungou qualquer bobagem pra mamãe. Ela não deu ouvidos. Era uma mosca. Uma mosca o incomodava e ele gritava por inseticida. Mas mamãe não ligou. Como de costume.

Daí ele foi pro bar. Ficar mais cheio de si. Jogar bilhar com os amigos. Assobiar para qualquer mulher que passasse na calçada e tomar cachaça. Dá boa, que rasga a goela, dizia.

O telefone tocou. Ela deixou cair no chão. Acho que pelo choque, pelo susto. Começou a chorar. Nunca mais parou

Pronto. Isso. Ela não voltou nunca mais.

Está aqui dentro. Encaixotado.

Mamãe não para de chorar. Ela chora e grita. Aquilo era realmente irritante. Papai sempre odiava quando ela começava. Agora mamãe chorava bem em seus ouvidos. Ele deve estar se revirando ali dentro.

Coitado de papai. Preso no próprio caixão.

Mamãe disse para eu me despedir. Fui depois de Otávio, meu primo. Quando estava a dois passos da escada, Otávio me cutucou e apontou para as coxas de Dora. Ela limpava a baba de vovô. Pai de meu pai. Eu ri das coxas de Dora. Ela usava umas meias enormes. Cor de tronco. As meias de Dora ultrapassavam suas coxas, invadiam suas partes. Estavam muito rasgadas. Eram famosas aquelas meias. Papai as adorava. Uma vez, o peguei cheirando com força no banheiro. Acho que Dora usava suas meias em homenagem a papai. Dora era boa e papai a amava. Mas mamãe sempre a chamava de puta.

Puta.

Era como mamãe chamava Ana também. Ana é uma puta e descarada, dizia enquanto chorava. Numa sexta, à tarde, Ana se foi. Mamãe a chutou pra fora. Papai ficou furioso. Foi ao bar. Era sexta. Mamãe chorou até domingo. Na segunda, ele estava se empanturrando de macarrão e nunca mais se falou em Ana. Era a terceira.

Aí, veio Dora ou o vovô. Não sei. Dora e vovô chegaram meio juntos na casa. O cérebro dele parou. Quase isso. Ficou todo troncho o vovô. E meu pai o odiava, mas mamãe bateu o pé. Aí, ele ficou lá. Vovô gostava da cozinha. Ou pelo menos era lá que o deixavam. Bem no canto, em sua cadeira de rodas. Ele cheirava muito mal e sempre gritava coisas sem sentido. AAAAAahhhhh, OOOOOooooh, EEEEEEEEEEeeeeeeeeee, IIIiiiiiiiii, OOOOOOOooo, AAAAAAAaaaaaa. E aquilo me assustava no começo.

Papai ficou mais bravo ainda porque Dora era de vovô. Tinha se tornado dele. Estava sempre trocando suas fraldas ou lhe dando comida. Aí, eles começaram a disputar Dora. Ombro a ombro. Pau a pau. Como nos velhos tempos. Meu pai gritava quando já estava bêbado demais. Um dia, papai não aguentou e deu um soco em vovô. Ele só caiu, aos poucos, em frames. Foi um baita soco. Bem no queixo do velho. Foi engraçado. Era puro ódio aqueles dois. Vovô só movia os olhos. Mas, ainda assim, olhava como quem preferia morrer ao deixar esse mundo antes de papai. Ele ia ficar lá, em sua cozinha. Mesmo com vovô imóvel, eles brigavam, todos os dias. Desconexo, papai falava de uma prostituta do Rio de Janeiro e de um trabalho de guardador de carros e de uma faculdade de direito trancada e de uma carreira de motorista arruinada por um acidente.

Filho da puta.

Ficava com dó deles.

Dora nada fazia e muito menos mamãe, que estava sempre no trabalho.

Era estranho pensar que ele nunca mais voltaria. Alguém colocou um retrato dele em cima de seu caixão. Quem foi que colocou aquela foto lá? Deve ter sido minha tia. Parecia bem feliz e estava com o colarinho manchado. Um sorriso meio achatado e vestia um macacão azul.

Todo mundo diz que pareço muito com papai. Odeio quando falam isso. Não queria. Acho seu nariz largo demais. Fora que me parece rechonchudo, sempre com a boca cheia. A foto me dá vontade de chorar. Pelo vidro do teto – essas loucuras de mamãe – percebo que sim, pareço com ele. Achatado. Nariz igual.

Choro.

Agora sou eu e mamãe.

Papai. Nunca mais o verei. Papai está morto. Morte, é isso. Morte é isso. Deve estar sonhando com as meias de Dora agora. Enquanto isso, vovô sorri olhando pro seu caixão.

saudades do meu amor

I

Oi? Tudo bem. Acho que pode. Claro. Está sozinha? Sente então. Presume que estou sozinho também, claro. Desse jeito num bar. Não. Tudo bem, você acertou. Toma algo? Dois então. Vou tentar chamá-lo. Às vezes é um tanto difícil. Se faz de bobo. Finge que não nos vê. É um bom rapaz. Acho que tem é preguiça. Essa gente é tudo igual. É feriado e o bar não está tão empanturrado de gente. Estão todos no cemitério. Chorando seus corpos. Se eu não acho estranho? Sim. Mas é muito jovem, menina. Não perdeu ninguém ainda, presumo. Ora. Não diga. Sinto muito. Mas é disso que a vida é feita. Não. Não. Não diga nunca. Nessa idade tudo é meio urgente. O tempo cura tudo. Sei como é. Quantos anos? Não sei. Essas perguntas são complicadas. Bom, deixa-me ver, se veste bem, tem esse olhar de certeza, um emprego sólido, é provável, veio até mim, não tem vergonha. É muito bonita. Me deixe te olhar melhor. Essa luz me incomoda. Tudo passou a ser meio escuro nos dias de hoje. Tem trinta? Ora, uma criança. Eu? Não faz bem analisar um velho tão de perto. Mais. Mais um pouco. Isso. Setenta. Não seja gentil, nem quando tinha cinquenta parecia ter cinquenta. O óculos. Sim, os óculos me caem bem. Lá vem ele. Duas cervejas. A minha sem álcool. Me desculpe. Acabei não perguntando seu nome. Prazer. Nome grego. Filha de Zeus. Não sabia? É mesmo. Juro. Oi? Ah, sim. Claro. Todo ano vou. Mas ela não gostava de flores. Me arrependi de ter comprado. Voltei com elas pra cá. Ano passado foi igual. Cemitérios são lugares horríveis. O nome? M. Mulher forte. Me dava nos nervos. Amor é feito de nervos. Onde a gente toca, machuca. Ela dizia isso. Concorda? Tem namorado? Como não. Ah, sim. Não posso te culpar. Acho que os jovens querem curtir. Curtir a vida, né? Tem esse negócio da urgência. Ela não queria namorar comigo também. Achou que teríamos problemas. Era verdade. Meu pai ficou uma fera. Me bateu e tudo. Minha mãe chorava e falava que não ia ficar bem pra família. E não ficou mesmo. Mas saí de casa. A gente veio morar aqui, nesse bairro. Não. Imagina. Não é inconveniência. Cinco anos. Era dez anos mais velha. Tinha uma doçura intrínseca. Os braços eram fortes. Desses de bater bolo. Morreu com oitenta. O câncer a levou. A gente brincava de não morrer. Era um desafio. Minha Miriam. Não. Ela queria, mas não tivemos. Falei pra gente adotar. Uma hora ia acontecer. Mas aí veio a i. Viveu quatro meses, mas o útero era frágil. Veio a depressão. Não saía de casa. Aqui era seu lugar preferido. Eu? Já fui um bom advogado. Já fui bom. Ainda conservo a boa fragrância dos tribunais? Ora, você é mesmo muito gentil. Ora. E o que te interessa tudo isso, né? Desculpe. Tenho o gênio bom pra fazer amigos. Isso a irritava muito. Vivi rodeado deles. Ora. Deixe disso. Precisa ir? As cervejas nem chegaram. Ah! Lá vem elas. Está com sorte. Ele nem reclamou. Beba. Beba. Preciso ir ao toalete. A diabetes já não me dá sossego. Com licença.

II

Já bebeu? Meu Deus. A juventude é mesmo uma faísca. Se organizam de modo interessante. Eu gosto. Vou bebericando. Outros tempos. O que significa? Ir bebendo aos poucos, como passarinho. É a velhice. Vamos bebericando tudo. Você ri fácil. Parece com que imagino que seria nossa filha. Mulata dos olhos claros. Sim. Sim. Ela era uma beleza. Parecida com você. Levante mais um pouco. Um pouco. Isso, era assim que ela fazia. Impressionante. Onde moro? Bem na rua de cima. É a terceira casa, com muro marrom. 175. Venho todos os dias. Por quê? Ah, sim, venha. Estarei aqui no sábado. Claro. Velho tem mania. Me visite qualquer dia. A casa é grande. Ela queria assim. Veja, o copo está na metade e já me tonteia. Aguentava bem o tranco. Bebíamos bastante. Mas que estranho. Com licença. O garçom, claro. Tenho quase certeza que pedi sem álcool. Não, estou bem. Fique tranquila. Vou ao banheiro. Ora. Ora. Me bote na cadeira. Estou bem. Teria a bondade. Não, menina. Pode ir. Vá. Vou ficar mais um pouco. Até a tontura passar. Preciso ir pra casa. Não. Faço questão. Eu pago. A carteira? Onde está? As chaves? Não me lembro. Ah, sim, no bolso. Detrás. Isso. Me faria esse favor? Bote dez de gorjeta. Tem boa família. Obrigado. Mas que velho bobo, saindo do bar carregado. Deixe aí. Deixe aí, ela não gostava de flores mesmo. Por favor. Sim. Opa. Desculpe. Me ajuda a me ajeitar. Sou vizinho do bar. Sim. É essa mesmo. Muro marrom. Não sei onde está minha carteira. Bem, me faça o último favor. Abra o portão, há outro na sala. É a branca. Ou a verde? Mas que tontura. Sempre esqueço. Isso. Mas que velho bobo. É o terceiro quarto. Obrigado. Obrigado. Boa noite, é mesmo um anjo. Boa noite, min

o anão

I

O menino me suja de merda. Olha com olhos de gaivota. Finge que não é com ele. Canalha.

II

Um coito. Ao fundo podia-se ouvir as vozes de seus pais num soneto esquisito. Confuso. Talvez também nus, enfurnados num quarto familiar, de uma casa decadente, em uma cama triste. O menino nasceu de uma distração.

III

Como eu, um homem covarde e mesquinho até as pregas, posso ser pai e marido? Dois papéis que, para serem cumpridos com o mínimo de êxito, exigem ao menos um resquício de respeito.

IV

Na cozinha, ele me olha. Depois de acordá-lo, limpá-lo, trocá-lo, resta alimentá-lo.

V

Deixo o cabo da faca escorregar na palma da minha mão. Seguro antes de partir no chão. Seguro. Frente a frente. Não vou matá-lo. Sou mais animal que um ser que não consegue se limpar.

VI

Já me acostumei a dormir sozinho nesta sala, que antes era salão de convivência e agora não é mais nada. Os filhos afastam as mulheres e os homens do sexo. As mesmas mulheres e homens que só têm filhos porque se juntam na hora do sexo. Qualquer lastro de sangue forma uma família.

VII

Estava chegando lá. Quase no limite. O idiota começou a berrar. Quando isso acontece no meio da noite, entramos em um jogo. Ela lá. Eu cá. Vence quem convence o outro a levantar primeiro. Perdi. Me desconcentrei, amoleci e fui jogar uma água no rosto antes de pegar o animal. Do quarto, irradiava uma luz incandescente. Ela também se divertia. Fiz questão de chegar pertinho da porta, pra sentir o vulto. Venceu desta vez.

VIII

Ninguém sabe fazer isso. Nem as mulheres, nem os homens, nem mesmo os médicos. Balançam a cabeça porque não tem outro jeito. Não se pode retrair a existência com a vontade. Apenas golpeá-la com a força dos braços.

IX

O imbecil espirra e ela já quer correr pro médico. É o pior tipo de viciada. Daquelas que não se movem, só dão ordens. Eu tenho que me levantar da cadeira de vime, largar o livro e desligar o abajur. Cumprir o ritual e levar o saco rechonchudo e avermelhado para ela beijar a testa. Ligar o carro e dirigir trinta minutos pra ouvir que saúde de criança é assim mesmo.

X

Quando eu chego, ela já está deitada. Na mesa, a comida fria e um bilhete escrito à mão "Não esqueça do banho.

Bom jantar. Te amo". É solitária e miserável cuidar de outra existência.

XI

A cada minuto levanto para ver se a coisa está respirando. Minha primeira lembrança dele fora do corpo de minha mulher é no quintal de casa. Ela e a coisa. Dois seres quase inanimados esperando eu encontrar a chave certa. Ela semimorta. A coisa assustada, caçando o vento com os braços miúdos. Aí está: mais um homem que nasceu. A vida. A morte. Dançando em consonância em uma cena cruel e definitiva.

XII

Na madrugada, eu pensei nele. Chorei por ele. Bati meus braços e pernas deitado no chão da cozinha, desesperado como quem perde o bilhete vencedor. Desejo ter seus peitos, seus quadris, sua bunda, sua garganta aqui comigo. Colado. Atravessar o seu corpo como quem invade uma casa abandonada. Sem pedir licença.

XIII

E lá se foi uma vida que não volta nunca mais. As escapadas no sereno da noite. Os bordéis que eram portais para um mundo paralelo. As bocas de todos os sexos que se encontravam com a minha. Os abusos, os comentários, as surras nas esquinas abandonadas da cidade. As trapaças nos jogos de carta. As escapadelas de olho nos banheiros públicos. Lá se foi. O menino chora em meus braços. A mulher dorme no quarto. Estou encarcerado para sempre. Sem horizonte, nem saída. De nada adianta querer se transformar em uma lagartixa, escalar as paredes desta caixa. Não há fresta, nem respiro. Não há saída.

XIV

É um velório qualquer, uma despedida. É um excelente pai e marido, ela diz para nossos amigos no jantar. Excelentíssimo.

XV

Senti pena dela. Casada com alguém que já está morto. Frio. O quê? Não posso? Faço o que eu quiser. Quero poder estar morto por quantos dias quiser. Por tempo demais. Até ser lembrado. Vem. Não. Vem. Abre. Abriu os braços. Não. O que eu faço? Faça o que quiser. Quero poder fazer o que quiser. Se aproximou. Não. Já faz tempo. Tempo demais. E agora já estou morto. Vai ficar aí? Faça o que quiser.

XVI

O corpinho solavanca no ladrilho suado da cozinha. O sereno da madrugada banha tudo em volta. Encurvo a coluna para arrastá-lo com eficiência. Um corpinho. Um diabinho. Suas bochechas arroxeadas, pedindo socorro. As mãos riscando o tronco. Tentando se arrancar de si. A porta já estava aberta. Puxo o boneco, quase sem vida, para perto do meu rosto. Fui eu. Eu que colori sua superfície de sangue. Olho-o pela última vez. Em seguida, desvio o olhar. Um passo pra trás. Metade dentro, metade fora. O sereno impede a visão de um palmo do gramado. Tonalizo o músculo da panturrilha. Mobilizo o ombro. Seu corpo como um saco. Taco pra longe. Perto da cerca. Imediatamente, quero ir buscá-lo. Me arrependo. Mas meus pés fincam no chão. Da cozinha, da entrada. Sinto-os afundar mais e mais. Quebrar os pisos, quebrar minha pele, triturar os ossos. Vou afundando. Mergulhando na piscina de sangue. Ele chega, deformado, se joga nos meus braços. Infantil. Mesquinho. Como um idiota.

A luz que me desperta é a de mais um dia infernal.

XVII

Tem gente que ama ver a paisagem, eu só preciso me livrar dela.

XVIII

Mata ele. Quando ela acordou, eu olhava pra ela. Quem? Mata. Quem? O gato. Mas que merda. Virou de bunda pra mim. Mata. Amanhã a gente pode resolver isso com calma. Mata ele agora. Mas ela não se moveu. E nem tirou a bunda da minha frente. Olhei-a admirado. Uma eterna filha da puta covarde. O gato ia sofrer. Mais um dia.

XIX

Como é bom ter duas mãos. Com uma, boto no prato a comida do diabo, com a outra, seguro sua fralda suja. Bonito. Que espetáculo bonito é existir.

XX

Que tipo de homem será? Quero fugir, mas essa dúvida me finca na realidade. Quando está vivendo, quero morrer. Mas quando está dormindo, algo se desperta em mim. Uma curiosidade. Qual será o seu destino? Por ora, está em minhas mãos. Posso acabar com tudo agora. Ponto. Mas algo desperta em mim. Enquanto embalo o meu bebê, especulo sobre o quão miserável será o seu futuro.

XXI

Melissa. Boquinha fina como um rasgo, quadris largos, peito fino e desigual, pescoço longínquo. Longo caminho até o crânio fino. A de vinte com cara de cinquenta. Cabelos curtos, quase inexistentes. Tatuagens verdes. Boneca usada. A morte. Olhos fechados alcoolizados. A carne no buraco. Se isso é transar, desejo escapar de volta pra casa. Esqueci o dinheiro em casa. Chorei por precisar gozar e ser demasiadamente humano. Continuei de pau duro enquanto deslizava de volta pra casa.

XXII

Eu quero que tudo termine rápido e sem dor. Certamente poderia distraí-la por alguns minutos. Pegar o boneco pela última vez e beijá-lo na testa fria. Levar o seu cobertor como recordação. Reescrever. Que terminasse rapidinho, e vida que segue. Cada um pro seu lado. Faça bom proveito. Era isso ou matá-los seriamente. Quando a luz do dia se vai, fico tentado. Todos os dias. Penso em efeitos paliativos: videogames, livros, prostitutas. Caminhos tortuosos e analgésicos passageiros. Jogar meu corpo pela janela. Tapo a boca pra segurar o riso. Tão crédito, tão coitado, sem pai nem mãe. Ninguém explica tamanha mesquinhez. O coitado chora. A casa cheirando a jantar. Nada estava no lugar.

XXIII

O mais próximo de um momento em família em muitos anos. Na televisão, o programa sorteava um carro zero. Mãe e filho juntos no sofá, lambuzando seus polegares de sorvete. Idiotas. Melados pela minha semente. Imbecis. Paridos pela mesma ideia. Vamos nos casar. Sem tirar os olhos dos números, vamos. Vamos.

XIV

Sua esposa faz menção de viver em permanente pânico ao seu lado, como o senhor interpreta isso? Não sei o que fazer com a minha alma, doutora. Onde ela está? Como você interpreta isso? Morra, amor. Morra.

o décimo terceiro tiro sou eu

I

As paredes choravam pelas frestas. As rachaduras nas paredes.

Mostrei a ele as infiltrações. Olhou com firmeza. Aproximou da janela. Começou.

É seu? Perguntou.

Sim.

Os dois?

Voltei o olhar pra ele.

Marié e Clement.

Não. Os gatos não.

É velho? Perguntou.

Não sei.

Quando as infiltrações começaram?

Ele se referia ao apartamento.

Não sabia do mesmo jeito.

Parece profundo. E era.

Vou precisar voltar quando estiver chovendo. Verificar como se comporta durante a chuva.

Pensei que se comportaria da mesma forma que se comporta agora. Mas pior. Achei sua desculpa engraçada.

Não respondi.

Pois é.

De quem são? Perguntou.

Não são meus.

Da janela, ouvíamos um som alto. Era Fernanda no segundo andar.

Alguém está se divertindo.

Sempre tem alguém se divertindo.

Preciso que você assine essas vias.

Assinei.

É pra o patrão não brigar e o dono pagar.

Fernanda tinha um cabelo lindo.

Me lembrei do cabelo dela.

Nunca mais a encontrei.

Para marcar o retorno, liga para o dono do apartamento quando estiver chovendo e ele liga pra empresa. Venho correndo.

Me aborreci com a burocracia.

Ligar quando estiver chovendo.

Viver olhando para o céu.

Quando estiver chovendo?

De preferência.

Prometi tentar. Pra mim.

Fui com ele até a porta. Pensei que não queria ver ele nunca mais. Seu cheiro era desagradável.

Até lá, evite ficar naquele quarto.

Vai te fazer mal.

Vou tentar acertar.

Mas era meu quarto.

Sem problemas, doutor.

As paredes choravam pelas frestas.

II

Trouxe algo para beber.

Bati na porta. Ela atendeu. Não me olhou. Abriu espaço.

Entrei.

Está quase pronto.

Entreguei o vinho.

Seco, não é?

Fez sinal. Requebrou a cintura. Uma vez.

Sim. Seco.

Olhei seu rosto. Estava pior do que costumava ser.

Como tudo.

Pensei.

Me levou até a cozinha.

Parece legal. Esse lugar mudou bastante. Falei.

Ela não me olhou.

Colocou o vinho na geladeira. Despejou na taça o que estava aberto.

Me deu.

Obrigado.

Como estão as coisas?

Na mesma. Virou. Abriu o forno.

Está quase pronto.

Ainda não tinha olhado pra mim.

Vamos sentar?

Precisava ir ao banheiro.

No mesmo lugar.

Despejei uma boa quantidade. Um jato limpo.

Pouca espuma.

Claro demais.

No bolso, a colher.

Agachei.

Olhei o vaso.

Limpo. Claro. Líquido.

Bouquet de lavanda. Dizia o frasco. Fresco.

Bom cheiro.

Cacei uma boa quantidade.

Levei até a boca.

Escorregou garganta abaixo.

Não estava doce.
Bom sinal para hoje
Levantei de uma vez.
Bouquet de lavanda.
Bom cheiro.
Saí.
Ela estava no sofá.
O cheiro.
Era frango. Assado. Não é meu preferido.
Boi, vaca e porco.
Tinha cortado as carnes vermelhas e gordurosas.
Achei esse mais um de seus testes.
Achei a sua explicação tediosa.
Inútil.
Bom. Sempre bom cortar a gordura. Disse.
Me olhou.
É estranho. Estranho te ver de novo.
Calei.
Fiz que sim com a cabeça.
Peguei o vinho.
Era bom.
Estava muito bem.
Era uma bela casa. Muito limpa.
Quis sorrir.
Olhou para o chão.

Como vão as coisas por lá?

Na mesma.

Trabalho.

Na mesa.

Terapia.

Na mesma.

Tem lido algo?

Não. Mas respondi:

Na mesma.

Melhorou de saúde?

Até que sim.

Não veio para conversar? Perguntou.

Pausadamente.

Tudo foi dito com intervalos que me pareceram enormes.

As coisas estão boas por aqui.

Está quase pronto.

Dei um gole na taça.

Começou a chover.

Preciso fechar as janelas.

Foi.

Olhei os retratos na mesa:

Ela e elas.

Ela e ela.

Ela e eles.

Ela.
Ela.
E de novo.
Achei engraçado.
É sempre ela.
Voltou.
Foi direto para a cozinha.
Está pronto.
Deu um salto.
Alívio.
Comemos rápido.
Estava bom?
As coisas estão boas por aqui.
Não me olhou mais.

III

Queima.
Só isso?
Fica parecendo um saco amassado.
De mercado?
Não. De pão.
Não. Não sobe aí. Cretina. Eu disse para não subir.
Marié subiu.
Como você aguenta isso?

É bom no final.

Como pode?

Só arde.

Queima.

É seu estômago, cara.

Ignorei.

Quebrei os ovos.

Vale a pena. Pensei.

Joguei na frigideira.

Sambava.

Você é maluco. Passar fome de propósito. Que merda. Falou.

É a falta.

Falta de comida?

Não.

Do quê?

Algo.

Você é maluco.

Sabe as maratonas?

Essas que tem no final do ano? Perguntou.

Não. Isso é São Silvestre.

Acho que sei.

Maratona é pior.

Penoso.

Uma prática autofágica.

Infla o coração.

Destrói os ligamentos.
Suga os fluídos.
Destrói o organismo.
Chegar ao fim.
As pessoas fazem isso para acabar.
Pelo fim.
É tipo isso. Expliquei.
Esse ovo.
Esse ovo vai ter o gosto de pisar no que você despreza.
Os olhos.
Olha.
Olhei pra frigideira.
Vai bater no meu vazio.
O ardido vai corroer suas proteínas.
Será um soco bem dado no estômago.
Você é maluco.
Jejum é isso.
Pelo final.
Não. Não. Porra. Desce daí. Fiquei irritado.
Clemént subiu no parapeito.
Não faz bem.
Comer também não.
É vazio.
Não serve pra nada.
Nada.

O miado de Clemént em direção à rua.
Sua forma de gritar socorro.
Alguém quer se divertir.
Sempre tem alguém que quer se divertir.
Chegou o aluguel.
Aumentou.
Sambava.
O grito dos olhos.
Sambavam na frigideira.
Joguei sal.
Esse mês vence dia 5.
E a infiltração?
Resolveu.
Menti.
Seu banheiro fede.
Vou verificar.
Menti.
Queima. Eu disse.
Saiu.
Saiu em direção ao quarto.
Não deixei grudar.
Ardia.
Meu estômago ardia.
Dezeoito horas de nada.
Alimentado por nada.

Foi formando a crosta.

Grudava.

O chão.

A parede do estômago.

O soco bem dado.

Coloquei o ovo no prato.

Agora Marié que subiu na pia.

Aproximou.

Os olhos verdes.

Olhava.

Os olhos nos olhos.

Não. Sai daí.

Voltou.

Abaixei a cabeça.

Olhei o fogão.

Marié foi.

Segurava em suas mãos.

Não atrasa o aluguel dessa vez.

O ovo.

Pronto.

Ardia.

IV

Liguei a televisão.

Especial.

Na sala, Marié.

No sofá, eu.

Na cozinha, ele.

Na televisão, ela.

Ela.

Olhava para o centro da lente.

Pra gente.

Depois do jejum, vem o sono.

Saco de pão.

Os olhos dentro.

Centro.

O sono me puxava forte.

Aos poucos.

Ela fazia silêncios.

...

De onde vem o seu nome?

eu não sei.

é um nome latino.

eu perguntei ao meu pai desde quando havia esse nome e ele não sabia.

eu inventei uma história que não acabava nunca. gerações e gerações.

eu suponho que foi rolando, rolando, rolando, perdendo algumas sílabas, somando outros fatos, não acabava nunca.

apenas escrever. caótica. intensa. inteiramente fora da realidade da vida.

eu ia como uma tímida com ousadia.

eu tenho um conto.

eu nunca assumi.

eu sou amadora e faço questão de continuar assim. são nos hiatos que a vida fica intolerável.

pra que eu escrevo?

para me salvar. não ficar oca.

eu, quando escrevo para o adulto, estou escrevendo para o mais secreto de mim mesmo.

o adulto é triste e solitário.

a partir de qual momento o ser humano se torna triste e solitário?

isso é segredo.

eu, quando não escrevo, estou morta.

eu estou morta.

eu me compreendo. só tem um texto meu que eu não entendo.

qual?

isso é segredo.

pergunta para o mineirinho, devoto de são jorge, que tinha uma namorada e, quando morreu, me deu uma revolta enorme.

o décimo terceiro tiro sou eu.

por que continuar escrevendo?

e eu sei?

meu papel?

falar o menos possível.

minha história é de uma inocência pisada. uma miséria anônima.

meu segredo.

tudo mudou, por que eu não mudei?

não sei responder.

não sei.

raiva.

tô cansada.

de quem?

de mim.

agora eu morri.

...

Acordei.

Ela olhava.

Pra mim.

Marié tinha saído.

No sofá não tinha mais ninguém.

Desliguei a televisão.

Fui para o quarto.

Ela ainda olhava.

V

Se é pra morrer, que seja dançando. Falou Fernanda.

Gostei.

A gente vai morrer.

Não sou muito de dançar. Respondi.

Sorri.

Entra aí.

Bouquet de lavanda? Perguntei.

Reconheci.

Oi?

O som atrapalhava.

Você gosta?

Oi?

Não gostava. Pensei.

Senta aí.

Quer uma água?

Queria ir ao banheiro.

Fim do corredor.

O som.

Insuportável.

Fechei a porta.

O rasgo.

O jato rasgou meu canal.

Caralho.

A dor.
Pingos de um vermelho vacilante.
Camuflado.
Querendo não ser.
Eram pontos.
Abafei o grito.
Dor.
Dancei com o maxilar.
Dentes superiores com o lábio inferior.
Vice-versa.
Doía.
O pau chorava.
Guardei.
Porra.
Senti a cueca molhada.
Aos poucos.
Pingava.
Agachei.
Peguei a colher.
Olhei.
Queria o vermelho.
Cacei as gotas vermelhas que pintavam o lago.
Vacilava.
Escapulia.
Consegui.

Pesquei.

Experimentei.

Amargo.

Ácido.

Sangue.

Vermelho.

Saí do banheiro.

O que precisa? Perguntou.

A água.

Me deu.

Senta aí.

Belo apartamento. Disse.

Obrigado. Não gosto muito. Mas ganhei. Não tem do que reclamar.

Verdade.

Olhei o teto.

É isso. Apontei.

O quê?

Isso aqui.

Apontei.

Vem de cima.

Um quarto do meu apartamento.

Preciso que ligue aqui.

2233-6575

Entreguei.

Cartão.

Ele precisa ver.

Antes do almoço.

O quê?

A música.

Caralho.

Quem vive assim?

Liga para esse número. Gritei.

A água. As frestas.

Ela mexia.

Espera.

Vou abaixar.

Silêncio.

Ele precisa ver seu teto.

Quem?

Ele. Apontei o cartão.

Pode estragar?

Tudo pode. Pensei.

Sim. Falei.

É só chamar a empresa que ele vem, correndo.

Entendi.

Sim.

Parada.

Silêncio.

Acho que se aborreceu.

Vou tentar.
Antes do almoço. Repeti.
Por quê?
Estiquei os dedos.
Polegar e mindinho.
Joguei a mão pro ar.
Balancei.
Tremi.
Pra lá, pra cá.
Todo dia? Perguntou.
Desde que o conheci. Sempre.
Todo dia.
Pegou o celular.
Vou gravar.
Sério.
Obrigado.
Por nada.
Tremi.
Fernanda.
Cabelo mais lindo.
Quer mais água?
Não queria.
Vou indo.
Os cabelos.
Tremi.

O sangue na cabeça.
Fluía.
Os pontos vermelhos.
Um dia vem dançar comigo.
Você se diverte. Afirmei.
É o que resta.
Cada segundo vale.
Tremi.
Vou indo.
Vem um dia.
Vou.
Indo.
Tremi com a cabeça.
Aceno. Atravessei a porta.
A música.
Recomeçou.
Caralho.
Ela dança para não morrer.
Não importa.
Subi as escadas.
O sangue.

VI

O vídeo.

Cara.

Acabou a sua vida.

Pois é.

Como vai fazer?

Não sei.

Filha da puta.

Como pode?

Pois é.

Quem sabe.

Não sei.

Todo mundo?

Não sei.

Todo mundo pode ver.

Verdade.

Está pronto?

Não.

É verdade?

O vídeo?

Sim e não.

Como assim?

Sim e não. Tudo é verdade. Por um lado. Por outro, não.

E sua mãe?

Ligou.

Disse algo?

Sim.

O quê?

Perguntou se era verdade.

Tudo?

Tudo.

Está com raiva?

Por um lado.

E pelo outro?

Nem tanto.

Reagiu bem até.

Pois é.

Falou com ela?

Tentei.

Você precisa.

Sim.

Um dia?

Um dia.

Filha da puta.

Pois é.

Sai da cidade. Vaza.

Pra onde?

Casa da sua mãe.

É melhor?

Sim. Lá é enorme. Grande.

Tem medo?

Sim.

Quando?

Agora.

Denuncia. É isso. Vamo denunciar essa merda.

O vídeo?

Sim.

Não.

Ninguém vai esquecer.

Pode ser.

Tá com medo?

Sim.

Que vídeo, cara.

Que vídeo.

Filha da puta.

Por um lado.

Sim.

Já viu inteiro?

Ainda não.

Você precisa.

Por quê?

Denúncia.

Pra quem?

Pro Instagram.

Isso é algo?

Sim.

Tipo justiça?

Não. Mas eles apagam.

O quê?

O vídeo.

Mas todo mundo já viu.

Eles esquecem.

Fala com ela.

Eu vou.

Que vídeo.

Vou falar.

Cara, assiste ao vídeo.

Tá bom.

É sério.

Levantou.

Apagou o baseado no cinzeiro.

Cléber era legal.

Me olhou nos olhos.

Estava realmente triste por mim.

Saiu pela porta do apartamento.

Eu fiquei.

Sozinho.

Cancelado.

VII

Você já fez isso antes.

Não tinha.

Sim. Falei.

Parece nervoso.

Você é bonita.

Obrigada.

Como funciona?

Você é virgem?

Sorriu.

Não.

O dinheiro é agora?

Quando quiser. Não tem regra. Você não fala muito?

A gente precisa falar?

Não. Só se quiser.

Eu quero.

Chovia lá fora.

A água escorria pela parede.

Preciso ir ao banheiro.

Tudo bem.

Fui até o banheiro. Tirei a colher do bolso. Fechei a porta.

Espirrei o jato. Dessa vez, turvo. Triste.

O cheiro era forte.

Rasgava as entranhas.

Guardei o pau.

Agachei.

Não tive coragem.

Cheiro horrível.

Triste.

Levantei.

Não queria voltar. Pensei.

Queria que ela não estivesse lá.

Queria que fosse embora.

Voltei.

Ela se olhava no espelho.

Sentei na cama.

Ela olhava pelo reflexo.

Não quer começar?

Como funciona?

Depende. O que vai querer?

Não sei.

Você é retardado?

Não.

Então, vem. Me beija.

Pensei que não beijasse.

Gosto de retardados.

Você é bonita.

Obrigada.

Tirou um peito pra fora.

Ele ficou suspenso.

Molenga.

Como uma biruta.

Pegou minha mão.

Colocou entre suas pernas.

Mexe.

Mexe os dedos para sentir. Falou.

Imóvel.

Continuei sem me mexer.

Desistiu.

Sentou ao meu lado.

O peito suspenso.

O olhar pro teto.

É infiltração.

Estou vendo.

As paredes choram.

Quando chove, desaba.

Precisa chamar alguém.

Chamei.

Ele queria voltar quando estivesse chovendo.

Igual agora.

Sim.

Você é realmente estranho.

Acho que não.

Por que me chamou?

Estava sozinho.

Voltou para o espelho.

Um rasgo sonoro tomou conta do quarto.

Alguém está se divertindo.

Sempre tem alguém.

Parece legal.

É a Fernanda. Mora aqui embaixo.

Gosta dela?

Tem um cabelo lindo.

Dá pra ver. Gosta dela.

Não. É legal. Só.

Já entendi. Está sofrendo?

Por ela?

Sim.

Não.

E por outras coisas?

A gente sempre sofre por algo. É assim que nos mantemos vivos.

Verdade.

Você está sofrendo?

Sim.

Por quem?

Por ninguém.

Como é?

O que?

Ser isso.

Normal.

Cravou os pés no espelho.

Me olhava pelo reflexo.

Uma profissão. Começo um horário e vou até outro horário.

Você é o quê?

Acho que nada.

Não faz nada?

Acho que não.

Como ganha dinheiro?

De jeito nenhum.

Como vive?

Não sei.

Entendi. Você é um playboy. Seus pais te bancam.

Não tenho pais.

Então ganhou herança?

Não tenho herança.

Cara. Você é estranho.

Eu aposto.

Em quê?

Em tudo.

Ganha a vida assim.

Acho que sim.

Gosto de apostar.

Olhei para ela.
Calotas brancas em suas costas.
Iluminava seu corpo.
Era linda.
Você é bonita.
Seus olhos em mim.
Obrigado.
Tatuagens de uma vida passada.
São marcas de nascença?
Sim.
São bonitas.
Eu odeio.
Ficou com vergonha.
Olhou para o lado.
Empurrou o peito para dentro da camisa.
Marié invadiu o quarto.
Que linda.
Fofinha.
É sua?
Não.
De quem é?
Não é minha.
Então, o que vai ser?
Não sei.
Pelo menos a gente conversou.

Eu queria conversar.

Não quer mesmo tentar?

Estou bem.

Puxei a carteira do bolso de trás.

Quanto fica?

O quê?

A hora.

Nada.

Como nada?

Não fez nada.

Mas você está aqui.

E você também. Não sou mendiga.

Não me dê esmolas.

Não é isso. É justo.

Então você gosta de justiça?

Não sei.

Me leva até a porta.

Saímos junto com Marié

Chama alguém pra ver isso.

O quê?

Tudo isso.

Me beijou.

Eu a olhei.

Ela desceu as escadas como que me olhando de reflexo.

Fechei a porta.

VIII

As paredes choravam novamente.
O talho.
O rio.
A parede.
A chuva.
Pego o celular.
Sem mensagens.
Procuro por ele.
Disco o número.
Chama.
Chama.
Chama.
Desisto.
O cara prometeu.
Sinto as lágrimas.
Alguém mirou na minha testa.
Sem mensagens.
Sinto vontade de chorar.
Marié empurra a porta com a pata direita.
Fecho os olhos.
Sinto o choro.
Sinto saudades da puta.
Sinto vontade de ligar pra ela.

Dizer que sinto muito.
Longe.
Muito longe.
Escuto o som invadindo meu quarto.
Sobe pelo talho na parede.
Tudo sobe por ali.
Sinto vontade de chorar.
Pego o celular.
Procuro o número da puta.
Aperto.
Chama.
Ocupado.
Não se pode confiar.
Estático.
Não saio da cama.
Deixo o choro da parede cair em meu tórax pelado.
Doentio.
O som de Fernanda.
O cabelo dela.
Fecho os olhos.
Procuro por seu número.
Aperta.
Chama.
Chama.
Chama.

…

Ela atende.

IX

Por que havia feito isso?

Pensei.

Abriu a porta.

Tudo bem?

Por que faria algo assim?

Tudo.

Pode entrar. Falou.

Entrei.

É uma deformação.

Você…

Oi?

Você…

O som arruinava tudo.

O som.

Pode baixar? Pedi.

Desculpe.

Não vivo sem música.

Sim.

Pensei.

Legal.

Disse.

Baixou.

Silêncio.

Você gostou?

Do quê?

Do cabelo?

Que cabelo? Pensei.

Legal. Bacana. Quando raspou?

Essa semana.

Legal. Bacana.

Acabou com o cabelo.

Não fica aí parado. Senta aí.

Sentei.

Por quê?

Trouxe isso.

Deixa eu ver. Pegou da minha mão.

Vou botar na geladeira.

Girou.

Fiz frango.

Claro. Pensei.

Tô evitando carne vermelha.

Sim. Legal. Disse.

Precisava ir no banheiro.

Oi?

Fiz o gesto.

Ah! Claro, fim do corredor.
Fui indo.
Cantores pendurados na parede.
Cantores degolados.
Cantores sofrendo.
Corredor engraçado.
Banheiro colorido.
Vaso meio baixo demais.
Lá fui.
Lá vai.
Ando estressado.
Branco demais.
Claro.
Parece limpo.
Agachei.
Sem tons.
Sem vermelho.
Botei a mão no bolso.
Nada.
Sem nada.
Esqueci.
A colher.
Concha.
Cacei um torrão.
Senti escorrendo meu braço.

Caiu no chão.

Juntei o montante.

Escorregou goela abaixo.

E aí?

Calma. Tá limpo.

Um pouco doce demais.

Mas limpo.

Tudo bem.

Ajeita.

Seca esse braço.

Seca.

Volto.

Por que rasparia o cabelo? Pensei.

Sentei no sofá.

Estranho. Disse.

O quê?

Sem música. Aqui, sua casa sem música.

Isso é algo novo mesmo.

Tudo bem. Está pronto.

Vamos comer?

O quê? Pensei.

Afirmei. A cabeça balangando.

Tava ruim.

O vinho.

O vinho, por favor.

Ah, sim. Vou pegar.

Silêncio.

Ela balangava a careca.

Numa música invisível.

No meio da cozinha.

Cozinha engraçada.

Cabeça vazia.

Sem cabelo.

Esse é muito bom.

Taça. Duas.

Despejou.

Só um gole.

Brinde.

E o que você faz?

Acho que nada. E você?

Como assim?

Da vida. Respondeu.

Sim. Da vida. Aposto.

Legal. Disse. Parou.

Gostei.

E você.

Balanga. Pensei.

Sou recepcionista.

Legal.

Você não fala muito.

Olhei. Sim. Falei.

Como está a infiltração?

Está. Continua lá.

E aqui?

Liguei. Disse.

Chamou. Chamou. Nada.

Estranho.

Sim.

Está bom. O frango. Disse.

Obrigado. Gosto muito de fazer.

Mas vou parar.

Olhei. Pro frango.

Parar com o frango?

Sim. Carne no geral. Faz mal.

Legal.

Frangos são legais. Pensei.

Acho que não vai vir.

Quem?

Ele. O cara.

Verdade.

A gente chama outro.

Talvez.

O vinho. Acabou. Pensei.

Sabe. Começou.

Sei. Pensei.

Tem algo que queria te perguntar.

Olhei.

Não gostava dessa parte.

Tem algo que a síndica me falou.

Algo?

Algo sobre você.

Sim. O vídeo.

É verdade?

O quê?

O vídeo.

Sim e não.

Como assim? Golou o vinho.

Acabou também.

Tudo pode ser verdade. Por um lado. E por outro não.

Você fez isso com ela?

Não. Tudo.

Quase tudo?

Quase nada.

Gosta de mentiras? Me olhou.

Quis ir ao banheiro.

A careca. Olhava.

É complicado.

Sim. Bebeu o vazio.

Pegou a taça.

Finalizou.

Tudo é complicado.
Ninguém gosta de mentiras.
Quis dizer. Não disse.
Você vai deixar ele lá?
O vídeo? Perguntei.
Sim.
Sim.
Por quê?
Porque está lá.
Já falou com ela?
Sim.
E ela não vai tirar?
Não.
Não importa.
Sente falta?
Não.
A vida não é fácil sem música.
A careca. Estava lá.
O vídeo.
Ele não vai terminar. Pensei.
Senti vontade de chorar.
Silêncio.
Senti vontade de chorar.
Vou pra casa.
Já?

Está na hora.
O balde enche rápido, não é?
Muito.
Eu troco sempre também.
Beijei a bochecha da careca.
Obrigado.
Vamos marcar de novo.
Vamos. Falei.
Vamos ver. Pensei.
Subi.
Chorei.

X

Chama.
Chama.
Atendeu.
Fala.
Sou eu?
Quem?
O retardado.
Quem?
Da infiltração.
Ah, claro. Qual é? Está tudo bem?
Preciso da sua ajuda.

Só semana que vem.

Meia hora.

Não dá.

Amanhã.

Já é quinta.

E daí?

Espera até semana que vem.

Segunda?

Meia hora só?

Sim.

Tá bom.

Espera.

Oi?

Espera.

Que foi.

Queria que me trouxesse uma arma.

Cara, sou puta.

Eu sei.

Só isso.

Eu sei. Mas preciso.

Você é maluco.

Desligou.

Preciso descolar uma arma.

Chama.

Chama.

Cara, eu não sou disso. Nunca encostei em uma arma na vida.

Encosta agora.

Não vou levar porra nenhuma. Sou puta.

E daí? Não consegue ninguém?

Porra. Que maluco.

Te pago o dobro.

Dobro do quê?

Da meia hora.

Tá maluco.

O dobro da arma.

Merda. Só tem maluco nesta merda.

E aí?

Porra. Até segunda.

Até.

Desligou.

Fui fazer um ovo.

O jejum acabou.

XI

Cara.

Cara.

Tô vazando. Entrou no quarto.

Oi?

Tô vazando. Preciso ir embora daqui. Não dá mais.

Sério? Vai pra onde. Perguntei.

O som invadiu o quarto.

Que merda.

É a Fernanda. Ela raspou a cabeça.

Tô ligado.

Ficou uma merda.

Foda.

É isso.

Marié quer ficar. Explicou.

Você cuida dela? Perguntou.

Sim.

Deixa aí.

Beleza.

Ia sair.

Voltou.

Você é meio maluco, cara.

Olhou pra cama.

Arruma isso aí.

O quê?

Olhou pro teto.

Tudo.

Foda.

Você vai acabar morrendo fazendo jejum.

Essa merda queima o estômago.

Olhei pra ele.

Esquece o vídeo.

Passou.

Sim. Disse.

Não é tudo isso.

Não é mesmo.

Olhou para os pés.

Tô indo pra casa da mamãe.

Depois vou sair por aí.

Descolar uns shows.

Ver no que dá.

Isso aí. Disse.

Finalmente, olhei pra ele.

Cara…

Oi.

Boa sorte.

Se cuida. O dinheiro desse mês tá em cima da televisão.

Saiu.

Sozinho.

Dormi de novo.

XII

O choro completou seu ciclo.

Ela entrou.

Como você está?

Bem. Aqui. Tá aqui.

Jogou na cama.

Isso aqui tá fedendo demais.

O quê?

O quarto.

Eu sei.

Não vai arrumar.

Agora já completou o seu ciclo.

Que ciclo? Perguntou.

Olhei em volta.

O negrume já coloria tudo.

Tá vendo?

Apontei.

Do chão ao teto.

Tudo. Finalizei.

Eu não vou fazer nada aqui.

Você já fez.

Sim. Sim. Dá a grana.

Puxei a carteira.

A arma na cama.

Essa é boa?

O quê?

Essa aí? Apontei.

Não perguntei.

Deveria.

Por quê?

Não se compra nada sem perguntar antes.

Você é maluco.

O dinheiro em sua mão.

Obrigado.

Ia saindo em direção à porta.

Aonde vai?

Embora, porra. Disse que não vou fazer nada aqui.

Nada.

Espera.

Peguei seu braço.

Espera.

Puxei seu cabelo.

Que merda, cara. Solta. Gritou.

Solto.

Eu solto.

Cheirei lá no fundo.

Acredita que ela raspou o cabelo?

Ela quem?

Raspou tudo.

Quem faria uma coisa dessa?

Por que faria algo assim?

Você é doido. Solta, porra.

Socou minha barriga.

Larguei seu braço.
Maluco da porra.
Se mata logo.
Saiu pela porta.
Caí no choro.
Senti vontade de chorar. Nada bom.
O vídeo. Lembrei do vídeo.
Chorava.
Peguei a arma.
Carreguei.
Levei minha carcaça até a sala.
O mofo.
O cheiro.
O vídeo.
Verdade.
Ela tem razão.
O quarto.
O negrume no chão.
Liguei a televisão.
Ela ainda me olhava.
Olhava, porra.
Aumentei o volume.
Alto demais.
Mais alto que a música de Fernanda.
Arrastei minha carcaça.

Direto para o quarto.

Ele completou o seu ciclo.

A parede chorava.

Escorria pelas frestas.

O talho completamente aberto.

Consigo ver tudo.

A música.

O vídeo.

Ela me olhava.

Saquei a arma.

Eu não queria ir.

Mas é assim que essa história termina.

XIII

Ouvindo a voz dela, com vontade de chorar, até o infinito.

i,ii,iii, iv e v

I – O contexto

É necessário começar: quer dizer, achar o ponto de partida.

Meretriz. Meretriz. Ele gritava algo assim e, lembro, era uma de suas manias. Achar palavras difíceis para usá-las em momentos oportunos. Uma briga ou uma discussão política na mesa do bar.

Ele gritava e, aos poucos, um a um, os vizinhos foram saindo.

(Veio a Lourdes)

Sexagenária muito bonachona que gostava de distribuir bolinhos de doce de leite caseiros pra molecada da rua. Eu mesmo fiz, meninos. Podem provar. Dizia-nos. Lourdes era sozinha, acho, e estava sempre em casa. Por isso, saiu primeiro. Meio assustada, tropeçando nos ladrilhos da calçada.

Aos poucos, os outros foram conferir também. O seu Jonas, a Rita, a Deca e o Toca. A vizinhança toda. Todos eles eram velhos e sozinhos. Todo mundo fica igual quando é velho. Aquele misto de desilusão e conformidade. À espera de algo. Todos velhos, decrépitos. E quem não é?

(Enfim, voltemos)

Ele bateu o portão e saiu para a rua. Tudo à vista da escada me pareceu esquisito demais.

A cena: apavorado, de chinelos, olhando para todos os lados, estava de cueca. Com a camisa do Lula na campanha de 2002. Saudosa. Ele estava lá, encardido, sorrindo, piscando pra ela. O Lula.

Meretriz. Meretriz. Defendia-se.

Olha o que você fez, pelo amor de Deus. Gritava.

(Ela entra)

Daí veio ela, enorme. Pisou na minha mão, passou correndo pelas escadas e chegou à rua. Seus olhos pingavam sangue. Afobada. Atropelava as palavras. Não terminava uma frase.

O show: panela na mão. Com a calça rosa rasgada. Dessas que a gente usa pra dormir. Quentinhas e mofadas. Descalça, também. Pularam da cama, pensei. Aos gritos.

Eu vi. Eu vi. Você não pode negar.

Ela não negou. Era um absurdo. Começou a falação. Todo mundo queria saber, afinal, o que ela havia feito. Por que estava tão furioso? Claro, dava para imaginar. Toda cena era própria de traição. Aos gritos do casal, misturaram-se os cochichos.

II - Prisma

Clímax 1: Frio. Sábado. Edredons que não chegam aos pés. O quarto com um leve cheiro de mofo típico de começo de final de semana. A preguiça toma conta. A smart tv quarenta e nove polegadas, recém-comprada, ligada na Netflix. Eles assistiam a alguma série desinteressante, algo sobre como os adolescentes sofrem em idade de *high school.* (De fato, sofrem mesmo, maldita escola)

Quase pegando no sono. O assunto acabou lá pelo segundo capítulo. Esgueirando o olho direito, ela percebe sua pestana. Abre e fecha. Irrita-se. Segue. Horas passam. Quinto capítulo da segunda temporada. O roteirista sofre. Eles também. Lá para a marca dos vinte minutos: oportunidade. Ela dorme. É a hora. De leve, sem fazer movimentos bruscos, ele busca seu iPhone debaixo do travesseiro cor de terra, tudo em câmera lenta e com a respiração curta.

Com a ponta dos dedos, alcança. Ufa. Última olhada para conferir. Dormindo. A senha é a mesma desde o primeiro ano de namoro. Tudo igual. Era incapaz de mudar. Isso o irrita, inclusive. O resto é a cena de sempre: Facebook, Instagram, WhatsApp, grupos do WhatsApp, foto, talvez vídeos, o roteiro pode seguir por essa linha. Gritos. Meretriz. Meretriz.

Pode ser isso ou não.

Ou.

Clímax 2: A série agora é outra. Desinteressante na mesma medida, porém. Algo sobre como os afro-americanos ricos sofrem nas universidades ao redor do país. Racismo pesado. Coisas como cyberbullying e ostracismo social entre os colegas. Ela dormiu. Ele aproveitou. Levantou-se devagar. Deu uma última olhada para conferir. Seguiu. Nas pontas dos dedos, foi até o banheiro, fechou a porta com cuidado. O celular sempre na mão esquerda. Ligou a luz e abriu a tampa da privada. Sentou. Abriu o Google Chrome e acessou seu site preferido: travestis taludas. Digitou. Foi aos poucos. Deslizou os dedos até abaixo de suas bolas, o indicador. Seco. Levou os dois maiores até a boca e sugou-os com afinco. Enfiou no lugar certo. Começou. Eram duas rolas enormes e branquinhas. Do jeito certo. Aí ela levantou com uma puta vontade de mijar. Achou estranho a ausência dele. Chamou seu nome: Carlos? Roberto? Pausou a série. Desligou a televisão. Caminhou até o banheiro e abriu a porta. Bem na hora. As travestis entrelaçavam as duas rolas e gozavam efusivamente. Pera aí. Essa foi a cena que eu imaginei. Por aí vai: meretriz. Meretriz.

Era isso que eu havia imaginado nestes microssegundos. Porém, estava errado. Não se desenvolveu nem o clímax 1 nem o clímax 2. Mais ou menos uma mistura dos dois.

(Se liga)

Clímax 3: A noite anterior havia sido boa. Jantaram com um casal simpático de amigos. Risada e bebida. A noite avançou, as vozes aumentaram e tudo ficou confuso. Mistura de vinho e empolgação dos sábados. Percebeu, claro, uma troca de olhares com a Roberta, que já estava casada há um tempo e não amava o marido. Ele sabia. Era costume da Roberta flertar com amigas. Chegou a comentar sobre ela. Gostava. Ficava excitado. Perceba agora que a sequência é um pouco rápida: elas foram ao banheiro, deram um beijo molhado, o batom ficou no pescoço da Roberta, o marido dela estava no celular, não percebeu. Meu pai, por outro lado, viu na hora, foram pra casa como se nada tivesse acontecido, aquilo até o excitava, como já foi dito. Teve a série, teve a soneca, pegou o celular e aí (clímax do clímax) percebeu que o marido sabia de tudo. Quer dizer: se ao menos fosse só com a amiga, meu! Sua mãe é foda!

III – Ou terceiro ato.

A história se fecha com Lourdes sacando tudo. Dando tapinhas nas costas do meu pai. A vida é assim, caro.

Foi a gota d'agua. Minha mãe nunca mais voltou. Meu pai virou um desses velhinhos da rua. Virou um velho do meu bairro.

Que sofrimento, caro. Ele fica de cueca, com a camisa do Lula, tentando achar uma palavra bonita que definia a situação: pantomima. (Sussurrei)

(Fecham-se as cortinas)

o vazio do não retrato

Há, na vida, duas certezas inevitáveis: o erro e a deformação facial numa fotografia entre amigos. Quando lembro de Adalberto e da Gabi, ambos sentados nos degraus em frente ao portão de casa, tirando fotos, como se a vida valesse a pena, me lembro desta sentença. Seus rostos levemente deformados depois da terça-feira de carnaval. Era carnaval. E, como aqueles dois amavam o carnaval, meu Deus. Por motivos diferentes. A Gabi puxava o Beto, que me puxava. É meio esquisito o Carnaval. Pra mim, as fantasias e os vultos confundem as sensações. A Gabi só queria beber. Era legal vê-la assim. Esquecendo da mãe, do ex-namorado, da incerteza do futuro, das viagens que não estava fazendo. Era bom. O cabelo cor de mel balançava conforme o movimento do seu corpo. Os dois para a esquerda. Os dois para a direita. Seu busto era o contrário. Enfiado num maiô rosa choque cheio de brilho com um decote tão profundo que chegava a evidenciar o resto da sua sanidade, mexia-se sem pretensão. Descontroladamente. Seu movimento era hipnotizador. Parecia desprovida de membros inferiores. Deslizava pelas dobras da cidade. A Gabi tinha esse poder. Ela atraía. Trazia todos para perto e era uma espécie de guia. Parecia querer atenção, mas era só seu jeito. Não sabia fazer diferente. Nunca soube. É claro que eles se amontoavam ao seu redor. Era carnaval. É carnaval. Nessa época, Beto ainda era seu namorado. Era difícil definir assim, de maneira direta, a relação deles como feliz ou triste. Era uma relação. Trazia, portanto, o peso que as relações sempre trazem. Mas, Beto, sim, esse era triste. E isso era muito simples de definir. Conheci ele no colégio. Logo de cara, senti que aquele era um menino triste. Carregava consigo um sentimento intrínseco de escuridão no olhar. Era bonito. Para os outros, como ele sempre completava essa minha afirmação. Para ele, era um inferno. Um inferno no qual ele não conseguia descobrir a saída. E a desgraça é que ele procurava e procurava. Nunca parava. Ia sempre rastejando pelas paredes que ardiam em chamas em sua busca incessante por uma brecha. Sua pele ia queimando aos poucos, como quando a gente coloca a mão na chama de um fósforo e deixa por lá. Estava descamando, o coitado. Um ar. Um alívio. Era tudo o que procurava. Era em vão. Ele estava sempre buscando a sua salvação para sair do inferno. E o erro foi esse. A Gabi apareceu quando tinha dezoito. Aos dezenove, por uma espécie de milagre, eles se juntaram de vez. E ele fez dela a sua salvação. Fez dela a sua brecha para o inferno. Seu respiro. O erro. É um erro pensar que alguém pode ser sua saída. Não pode, não pode, eu dizia pra ele, que deitava no meu colo e chorava porque ela havia saído mais uma vez sem avisar. É um menino carente. Tem a ver com os filmes, com o modo que os homens idealizam as mulheres para serem a luz de suas vidas. Aprendem isso desde os primeiros passos. Contavam com elas para chegar aonde a terapia não conseguira. Ou para trabalhar as questões que afetaram as suas infâncias. Problemas com a mãe. Pai controlador. Irmã mais desenvolta. Avô abusivo. São os filmes. O Beto era cheio de filmes na cabeça. Era cheio também de questões. Mas a Gabi não se importava. E é difícil pensar em como pareceu uma boa ideia para ela se envolver com alguém como o Beto. O menino que não falava. O menino que não tinha expressão. O menino com o andar desconfiado. A Gabi não estava nem aí. E era carnaval. A data preferida deles. E enquanto ela ia na frente, com seu sorriso meio torto, meio branco, a gente ia atrás. Olhávamos um para o outro. Querendo dizer, não dizendo. Era lindo, de fato. O Beto era lindo. E, sempre, como que para pedir ajuda, num determinado momento, ele passava a mão por volta do meu ombro e acariciava de forma lenta a lateral do meu braço e sincronizava os seus passos aos meus. Era lindo. A gente olhava os bêbados. A gente olhava os movimentos. A gente se olhava. A gente olhava para o chão. De vez em quando, a Gabi olhava pra gente com um olhar cínico. Dava um riso. Sabendo de tudo. Mas, logo voltava a concentração para as pessoas, estava sempre aflita. Em busca de pessoas. Em busca do novo. Como se a vida não se aquietasse jamais. Como se o sossego fosse utópico. Talvez, para sua alma de dezenove, era mesmo. A gente olhava. Ouvia a música, sentia o balanço do corpo dela. Conforme a tarde avançava, mais pessoas se juntavam ao nosso grupo. Vinham eles da faculdade, eles da família, eles do grupo de teatro. Todos amigos da Gabi. Quanto mais pessoas se juntavam ao nosso carnaval, mais retraídos ficávamos. É engraçado, ela dizia. Engraçado como vocês dois são mais velhos que eu. As pessoas sempre acham o contrário. E depois olhava pro teto, simulando surpresa, como se essa fosse uma afirmação que ela pescou na hora. Como se a fala não tivesse sido ensaiada. Não há maneira de prender alguém, e o Beto sabia disso. Ela o deixaria em breve. Com toda a sua presença, com toda a sua calma, com toda a sua euforia, ela o deixaria em breve. Logo na próxima dobra. E tinha que ser assim. Enquanto ele fosse um menino que continuava a idealizar as mulheres para se encaixar às suas necessidades, seria assim. Todos sabíamos disso. Ela sumiu da nossa vista, dobrou a esquina e, até o fim do carnaval, nunca mais voltou. Ficamos eu e ele. Sozinhos.

—

O amor é como aquela piada do galinheiro. Trata-se do pior negócio do mundo. Nunca sabemos se, na notícia do dia, o ovo faz mal ou bem para saúde da gente.

célia

Ele ria e ria. Era engraçado, de fato. Como a cabeça de um cavalo. Um cavalo magricela e desnutrido. Seus dentes enormes, sua mandíbula protuberante, seu cabelo crespo que formava uma longa crista apontando para o céu. Enquanto ela falava, mexia a cabeça para a frente e para a trás, exatamente como um cavalo no relinchar. Sua sombra se projetava disforme na cortina branca cheia de bolinhas da casa de minha avó. E meu primo ria. Apontava-me a cena. Estávamos no canto da sala, sentados, com os pés sujo de barro. Célia passava o pano com tanta raiva e tentava apagar nossas pegadas. Fincava o rodo no chão com raiva. Passava. Passava. Como se sua vida dependesse daquilo. Enquanto limpava a cozinha, olhava de esguelha para nós. Praguejava contra nossos ancestrais. Dizia que éramos o Diabo na Terra. Que, mais tarde, entenderíamos a desgraça da vida. A desgraça da sua vida. E passava. Passava. Meu primo me socava na barriga e ria. Parecia um cavalo. Todo desnutrido e magricela.

Célia ocupava um papel meio de agregada na casa de minha avó. Elas não eram amigas e, muito menos, inimigas. Mas nunca as vi juntas de verdade. Ela simplesmente estava lá. Limpava a casa quando o ciático de minha avó reclamava, fazia comida quando os da casa estavam indispostos, se ocupava de lavar as roupas quando minha avó tinha que costurar para fora. Não hesitavam em lhe pedir favores. "Busque meio quilo de açúcar." "Pegue um copo de água." "O quintal está sujo." "As roupas precisam de um trato."

Era como se fosse um pilar na casa. Ou uma das paredes. Uma das tralhas que minhas tias traziam das viagens e jogavam na estante. Quando criança, pouco sabia sobre sua vida. Sabia apenas que morava mesmo era no fim da rua, numa casa sem pintura, cor de concreto, que tinha portões minúsculos, uma entrada com as duas paredes espremidas, de proporções esquisitas. Lá, escondia-se com o neto, um meninote de quinze anos, que era menor que eu por ter comido de menos na infância, como dizia minha mãe, e o filho, o Rodrigues. Nunca ouvi falar sobre marido, irmãs ou amigos. Quando não estava na casa de minha avó, se enfiava no bar e só ia embora tarde da noite. No dia seguinte, lá estava com o rodo na mão.

Rodrigues era uma figura disforme. Todo cheio de vultos e desfoques. Isso porque todos saíam quando ele chegava e eu só consigo lembrar da sensação que sua presença causava. Batia palmas na frente do quintal da minha avó, e Célia saía para atender. Largava o rodo e ele caía com tudo no chão. Minhas tias chegavam esbaforidas para ver o que era aquele barulho. E Célia corria para buscar o casaco e sair tropeçando rua abaixo em direção a sua casa. Os olhares presentes ficavam fechados, como num pacto de silêncio. Um por um. Eu e meus primos éramos puxados pelos braços. Cada um para sua casa. E a brincadeira acabava. Ninguém perguntava. Ninguém dizia nada. Ele ia e vinha da cadeia. E, quando voltava, atormentava a vida da mãe.

Era um grande vazio.

A relação dela com meus primos e eu era meio esquisita. O olhar era de ternura. As falas, ao contrário. Raiva. Deixava escapar gotículas etílicas enquanto nos dava broncas. Célia parecia desesperada para nos ensinar algo. Mexia a cabeça, os ombros, os quadris, as pernas. Tudo de maneira sincronizada, como num tango frenético. E gritava sobre como éramos os demônios e o inferno era ali, naquele quintal. Eu respeitava isso. Toda essa cena. Observava curioso. Não saia enquanto não terminasse. Meus primos não. Eles riam. Sem parar.

Certa vez, mais uma dessas em que a gente derrubou o vaso cheio de terra no quintal, brincávamos eu e meu primo mais velho, e, quando ela ia começar uma cena, ele reagiu. Partiu pra cima dela. Umas das mãos fechadas, a outra com o indicador ereto. Fechei um dos olhos, com medo. Já era crescido e não pegava bem uma coisa qualquer gritar absurdos à agregada. Era pra calar a boca e limpar. Ali, diante daquilo, vi Célia ficar minúscula. Uma pilastra qualquer. O olhar diminuiu e ela quase desapareceu. O mais velho saiu orgulhoso. Do portão, meu avô acompanhou a cena e pareceu tranquilo. Relaxou os ombros. Era como se não precisasse se preocupar. Tinha um herdeiro na casa. Um homem. Foi uma das únicas vezes que eu pude ver os olhos do velho. Castanhos como a savana africana. Depois disso, tudo foi nuvem e ela nunca mais voltou. Parecia que seu trabalho também estava terminado por ali e a gente já era grande demais para ouvi-la.

Sua presença nunca foi sentida. Nunca foi comentada.

O destino é assim com as criaturas: Célia morreu.

Já estava bem crescido quando soube da notícia, quis saber qual o motivo. Minha tia, veloz, se apressou para explicar que a coitada morreu de tanto beber. Já que o bairro inteiro sabia que qualquer troco que ela ganhava, corria para comprar cachaça no bar. Já meu primo, desdenhoso, disse que a coisa foi feia. Rodrigues voltava de sua terceira passagem quando flagrou a criatura com um homem dentro de casa. Não aceitou. Arrastou o desgraçado pelo colarinho rua abaixo com uma faca em punho e cortou-lhe da faringe até o saco. Ela quis defender e foi junto. Estão enterrados no campo de futebol na frente de casa. De esguelha, porém, ouvi minha avó lamentar um dia: Foi-se da pior maneira, se enforcou com as próprias mãos. Essa ideia me parece mais real.

Nunca soube da verdade.

a separação tirou-lhe os olhos do lugar

Ok.

Vou começar. Sinto um leve frio. Uma brisa. Contudo, os dias têm sido de calor por aqui. É sempre assim. Simulacro de poesia. Há certo desespero neste ato. É ruim. Perdi a mão. Procurei pelos cigarros dele. Tenho experimentado outros tipos de prazer. Forçado os vácuos. Empurrado. Enfiado os dedos. Não encontrei os cigarros. Enfim.

Empurrado. Vai sair.

Vamos. Começa mais ou menos assim.

Os olhos iam no chão, disse-me. Entendi como uma metáfora ruim. Estava só o pó. Coitado. Nunca tinha visto ele assim. Também. Coitado. Depois de tantos anos. É injusto, afinal. A melancolia do tempo perdido. Ela me dizia meio que com o martelo de madeira na mão. Minha mãe. Uma mulher boa. Todas as mães são. Mas não confio no seu senso de justiça. É vacilante. Infelizmente, como o de todo mundo também.

Veja: conheceram-se na faculdade. Ele: jornalismo. Ela: letras. Ele: futebol, claro. Seu time do coração o fazia chorar e lembro-me dele, lá na minha primeira infância, devia beirar os quatro anos, ajoelhado no epicentro da sala de estar, com uma bandeira enorme sob as costas. Chorava pelo pênalti perdido. E aquele olhar triste. Com as lágrimas a bailar pelas bochechas pálidas. Ficamos alguns minutos nos olhando aquele dia. Eu e ele. Foi um bom momento e havia uma conexão entre nós. Ou será que olhava para a televisão? Parecia-me que era pra mim.

Enfim, perco a mão. Desculpe, voltando.

Ela: Sofria com o peso. Tinha duas irmãs. Trinta e seis, trinta e quatro e quarenta e dois. Idade: Não. Numeração. Calça. Veja: Iam às compras no shopping como qualquer adolescente de classe média. Elas, animadas, pegavam as calças e colocavam umas nas outras, combinavam de trocar depois. Afinal, 36 e 34 não são distantes entre si e as ancas eram quase simétricas. Quase idênticas. Ela: não podia. Quarenta e dois era um número enorme. Um salto. E então ela chorava. No banheiro. No quarto. Pelos cantos. Ela chorava. A mãe não a deixava esquecer-se de sua numeração gigante e, meio sem saber, com todas aquelas dietas e revistas sobre dicas de beleza, pressionava-a mais.

Por isso, chorava.

Até que descobriu um método. Simples. A escova ia fundo. Expurgava seus choros. Um a um. Espiava com um olho só a privada. Sua vida lá misturada com uma um borrão verde-água. Não desgostava. Mas a garganta doía no dia seguinte. Logo chegou ao quarenta, ao trinta e oito.

Mas nunca conseguiu ser feliz. A garganta ainda sangrava pelas madrugadas afora.

Não há muito que dizer sobre eles. Eram-me como estranhos. Desses que conhecemos bem. Não separava a imagem um do outro. Sempre juntos. Mas também só tinha quatro anos. Quem pode confiar neste testemunho? Está esmaecido, claro. Mas, veja, ela não é da minha família. Ele: sim. Isso te conto.

Devem ter se conhecido há uns vinte anos. Deviam ser virgens. Gosto de pensar na primeira trepada dos meus parentes. Ficaram pelados. Mais ou menos. Aquela calça no joelho, o vestido levantado até o umbigo e só uma teta ao relento. Era um tesão dos infernos. Dele, claro. Ela só devia ter achado que estava na hora mesmo. Não dava mais para adiar.

Um calor.

O quarto abafado com o ventilador

de teto

trabalhando a todo vapor.

O tempo era escasso. Seu pai já ia acordar. Foi. Enfiou-lhe. Nada demais.

Prenúncio.

Como que para me desculpar, digo. Veja, a curiosidade é de ofício. Não por tara. Não sou muito disso.

Namoraram e encontraram o de sempre. O que as pessoas encontram em namoros, creio. Perdas. Ganhos. Choros. Frustrações. Mas ainda é melhor ficar. Creio.

Lembro-me também do casamento. Estava de branco e seu rosto ossudo fingia sorrir. Já nesta época as marcas na garganta causavam agonia nos detalhistas. Enfim. Ela: chorou. Ele: chorou. Impressionava-me o rosto dela. Equilibrava-se entre a complacência de ser uma mulher casada e a melancolia de ser uma mulher que já casa se divorciando. Dessas que veem o mesmo filme cinco vezes por semana. E tudo isso já é a impressão de uma criança de doze anos. E tudo isso e o padre nem havia colocado os óculos ainda.

Veja, estamos progredindo. Percebe?

Hoje tenho vinte. E não tenho muito mais informações sobre eles.

Até agora.

Corta.

Nunca havia visto ele tão desolado. Era real. Seus olhos.

Parece que as trepadas acabaram quando Penélope morreu. Era peluda e bem sapeca, Penélope. Foi assim: ele buscou o jornal, abriu a página de esportes. Ela: dormia. Distraído, terça-feira fria, deixou de dar a Penélope o remédio da diabetes. Descontrolou em duas horas e ela dormia. Ela morreu no piso da cozinha, deitada, sonhando com preás voando em forma de genérico. Penélope substituía o filho que seu útero, maltratado, não gerava. Nunca mais o perdoou pelo deslize. Enterraram Penélope na quinta. E na sexta treparam pela última vez. De raiva.

Daí para o fim não faltou muito. Ela fria. Ela: fria. Ele também se deixou. Era assim. Os casamentos são assim mesmo. Uma hora acabam sem terminar. Passaram-se dez anos. Assim.

À noite:

— Acorda. Agora. Eu sei. — Desolado e chorando. Ligou o abajur.

— Sabe o quê, criatura? — Abrindo os olhos devagar.

— Sei dele, caralho. Há quanto tempo? Fala! — gritando, simulando desespero.

— Há dois anos. É isso. Dois anos.

...

Choraram.

Pelo menos foi assim que minha mãe me contava esparramada no sofá bege de casa. E eu imaginei assim mesmo. O choro no final era para selar. Nem as mais frias das pessoas terminam um casamento sem chorar, porra.

Dizem que o outro também é casado. Tem um filho de sete anos. Talvez seja isso. Pode ser. Minha mãe a condena. Eu não. Essas coisas são assim mesmo. Não há muito que se pode fazer. Ela queria um filho. Agora tem. Ao menos chorou.

Fim.

Depois do fim:

Duas semanas depois, encontrei-o. Procurava seus olhos. De fato, não os encontrei no lugar. Estavam caídos como o diabo. Como no dia do pênalti e no dia do casamento. Mãe é mesmo um troço engraçado. Meu primo estava como ela havia me descrito. Ele. Quase morto. Tive coragem apenas de desejar sorte. Não há muito o que se possa fazer. Essas coisas são assim mesmo.

sem saída

Se não me falha a memória, a memória sempre falha. Desde que me entendo por gente. Então, como começar?

Talvez pelo final. As histórias modernas jogaram a linearidade no lixo. E jogar conceitos no lixo é sempre uma boa ideia.

Comecemos então pelo final. Como será que foi mesmo?

O álcool. Os calmantes. O frio. Estava em claro desde às três da manhã. Sem poder fazer nada. Tudo se fechou.

A espera. As notícias. Os calmantes. Todos os caminhos catastróficos.

O sonho: uma grande viagem. No aeroporto, as pernas sem expressão buscando algum caminho plausível. Rostos que eram tão idênticos. A velha esperança de um novo destino. Ambiente silencioso, apesar dos ruídos.

Meu destino era incerto. Minha mãe ao meu lado. Ela estava de cadeira de rodas pela primeira vez naquele dia. E aquela estranheza de sempre no olhar.

Ela falava com alguém ao telefone. Não me dizia quem. Tão pouco eu poderia adivinhar pelo som que saia de sua boca. Sua voz seguia numa crescente eterna. Um som que se alastrava por todo o corpo e transbordava para todos os cantos do saguão frio. Eu a olhava. Tentava entender a cadeira de rodas. Com os olhos, implorava para que diminuísse o tom. A voz estridente. Ela seguia. Gritava. Gritava.

Gritava. Sem parar. Olhava em volta. Todos sem expressão. Ninguém parecia ouvir seus berros. Andavam em uma fila indiana caótica. Quinze dias de sossego. Foi o que pensei. De repente. Não acessava nada. Minha mãe gritava. Estava em uma cadeira de rodas no aeroporto.

Viajaria tranquilo e a agonia se extinguiria quando pousasse minha cabeça na poltrona...? Na poltrona 3a do avião. Olhei na passagem que brotou em minha mão esquerda. Lembro da sensação de querer fugir dali. Não do aeroporto. Dali onde estava. Da minha terra que chamara de lar a vida inteira.

De repente: ruídos. Algo brotava dentro de meus ouvidos. Uma voz feminina chamava o voo que sabia ser o meu. Olhei o bilhete. O relógio com ponteiros gigantescos. Pelo horário, primeira chamada. Neste momento, tudo congelou. Como se não tivesse mais controle do meu corpo, lágrimas saltaram livres de meus olhos. Como nadadoras de salto ornamentais. Um rio enorme passeou pelas minhas bochechas, molhou meu ombro, barriga, saco, chão. Terminava nas rodas da cadeira de minha mãe. Chorava sem parar. E minha mãe começou a rir.

Sem nunca tirar o celular dos ouvidos, tinha parado de gritar e começava a se debater na cadeira. Ria. Ria. O pior dos sentimentos. Deu vontade de bater nela. Puxar seu corpo pelas pernas e arrastá-la por todo o piso liso. Fazer de seu corpo o meu brinquedo. O corpo de minha mãe.

Enquanto eu estava embebido em tal pensamento, ela sacou o telefone do ouvido e sua voz se vez entendível.

Toma. É seu pai.

Esticou os braços, que mais se pareciam com fios de cobre, e voltou a gargalhar.

Tudo se desfez.

O despertar. Calmantes. Noite. Uma da manhã. Confusão. Ninguém sabe da minha relação com o grupo. Tudo poderia ser mentira se dita pela boca de tão pequenas criaturas. Histeria. Paranoia. Mensagem. Desespero. Despertar.

Olho pela janela. Tudo está calmo. Malas feitas em cima da cama. Porta trancada. Paisagem da fresta da janela. Iluminado pela luz do poste.

Me escapa o rosto dos coitados. Minha memória sempre perde quando desafiada. Vou fundo. Não quero esquecer certos detalhes.

Espero por algo que, no entanto, é melhor que nunca aconteça. Esse é o motivo do desespero. O que fazer? Tão cruel. São dias de reclusão e espera. Não existe outra saída. Ou melhor, a única saída é ineficaz. Leva ao abismo.

Não é possível. Veremos o que pode ser feito. Não durmo mais. Sonhos são péssimas fontes de fuga. Brasa na pele que outrora foi queimada pelo mesmo fogo. A segunda é sempre pior.

Estou louco para ser resgatado daqui. Louco. Calmantes. Porta trancada. Mala pronta. O pior pode acontecer. Em todo o caso, o horror.

Hotel. Amigos. Gente pequena. Calmantes. Drogas. Em claro desde o último sonho. Uma vida inviável. Escuridão. O telefone não tocou (a campainha jamais tocou).

Circunstâncias estranhas para o fim. Como viver no território ocupado por um exército inimigo? Mas ninguém sabe minha ligação com eles. Não há mais fim possível. A rua. A luz do poste. Os sonhos. Quero me lembrar de tudo. No entanto, mais um calmante.

Lembranças da vida passada. Não quero esquecer.

Mãe! Mãe!

Duas da manhã. A juventude foi real. Cafés e jogar a vida pela fresta dos hotéis. Lembro. Lembro. Não quero esquecer. A resolução: espera.

Algo há de acontecer. Enquanto isso, calmantes. É inevitável. Trinta e seis horas: três maçãs, duas xícaras de café, meio maço de cigarro, um sonho. Espera. Quanto custa essa espera?

Não vejo outra saída. Arde. Largo. Fecho. Os olhos. Não. Não voltar ao sonho.

Trancado na realidade. Porta fechada. Sem contato com nada. Nada acontece. Só a luz do poste. Tanto faz. Não há outra saída. Gente tão pequena. Tão baixa. Sem expressão. Não podem provar. Tanto faz. A ocupação é inevitável. O calmante. Xeque-mate.

Minha mãe deslizando em sua cadeira de rodas no aeroporto.

A porta bate. Som. Três da manhã.

É o fim.

Cheguei.

querida amiga

São Paulo, 25 de maio de 2020.

Minha amiga. Querida. Nesta manhã, lembrei-me de você. Há algum tempo, as manhãs são apenas um novo recomeço. Sem perspectivas. Nada novo. Por isso, lembrar de você foi algo que marcou esta manhã. Lembrei-me do seu e-mail. Mensagem generosa. Obriguei-me a sentar por uma hora e te responder. A obrigação é por conta da dificuldade em me concentrar, naturalmente. Optei por começar como fazíamos antigamente. Você se lembra? A gente sentava numa mesa, escolhia o tipo de papel, a cor da caneta, olhava o calendário e então escrevia a data. Eram cartas. Naquele tempo a gente escrevia cartas e o calendário tinha alguma serventia. Os dias eram realmente dias. A gente escrevia para as pessoas. Contava as boas novas. Perdas. Amores extintos. Novos empregos. Parentes falecidos. Quando um tempo sobrasse ou o acaso colaborasse, a gente enviava a carta e então era preciso esperar. Você se lembra? Naquele tempo, a gente tinha algo pelo que esperar.

Por aqui vamos todos bem. Tanto quanto é possível. Todos os dias, pelas manhãs, nos reunimos para conversar e tomar um café reforçado. Como se o dia estivesse preenchido de tarefas. Nós, pelas manhãs, somos como uma companhia de teatro que, mesmo com a peça cancelada, se reúne para o ensaio. E então as crianças falam sobre o vento. Há dias que elas repetem o quanto era bom correr pelos corredores e poder esbarrar com o vento sem se preocupar com outra coisa além de senti-lo. Acho engraçado. Elas se sentam à mesa e conversam sobre pequenas liberdades como se tudo pertencesse a alguma outra vida. Pertencem. Os olhos mudam de cor e as falas ganham um tom vibrante. Os braços se soltam no ar e, por um acaso calculado, se tocam. Eles invariavelmente se tocam. Há semanas que isso ocorre. Eu e Ester nos olhamos. Meio como fazem os cúmplices nas plateias que pegaram a sacada de um diálogo. Elas se deixam levar pelo sonho de um passado perfeito que viviam antes de tudo. E é só.

O resto do dia, cada um vai para o seu canto. Não paro de pensar no privilégio que é poder pisar num chão e chamá-lo de casa. No privilégio que é tocar paredes com as palmas das mãos e sentir o concreto gelado que corta a chuva, que a impede de invadir a nossa existência. Em como temos sorte de termos uma geladeira para estocar comida e um chuveiro para tomar um banho quente. Ah! O banho quente, minha querida. Tem tomado banhos quentes? Espero que sim.

Para responder a sua pergunta sobre o futuro, posso te contar. Lá pelas quatro já não há mais o que fazer. Então, eu encosto na poltrona, pego meu violão e os gatos pulam no meu colo. Quatro e quinze, um raio de sol brota bem no lado inferior esquerdo do meu rosto. E então é a minha vez de fechar os olhos e sonhar. É claro que não há como adivinhar como será o futuro. Isso é impossível. Por isso mesmo eu escolho sonhar.

Quando tudo isso acabar, os teatros serão nas ruas. Os telhados estarão à disposição dos artistas para suas performances, danças, monólogos e tragédias. Peças sobre aqueles que deixamos no caminho irão surgir como homenagens. Iremos chorar por todos eles e viver correndo pelas ruas por todos eles. E os moradores meio de luto, meio incrédulos sairão às ruas para ocuparem mais do que calçadas. Ônibus lotados serão motivo de alegria e pessoas pagarão caro para ficaram quase que uma em cima das outras. Ocupando-se. Um mesmo lugar será o espaço de muitos corpos. Tudo vai encolher para que se esbarre. O toque será tema de teses, dissertações, músicas e novelas. Todos irão estudar sobre o sabor mágico dos sorvetes e os mendigos continuarão a ser ignorados. Mesmo assim, todos acharão que acabamos de ser cobaias de um experimento ruim que já acabou. Algo que nasceu apenas para nos testar. E as casas perderão sua função de guardar. A gente mesmo irá se exilar nas ruas da cidade. Reivindicaremos nosso direito de não ter espaço fixo. De ser de todos. Temo até pela monogamia quando tudo isso acabar. O conceito de se estar com apenas uma pessoa. Iremos aos cinemas e, uma vez iniciado o filme, vamos levantar e se abraçar. Beijos e mais beijos serão cobiçados por jovens recém-libertos de um pesadelo horrível. E o céu talvez esteja mais azul Termino pensando nas crianças e nos ventos. Elas lutando contra a força deles. Quando tudo isso acabar...

Quando tudo isso acabar.

E então, às cinco horas, o sol some de uma vez. E meus olhos abrem. É quase hora do jantar. E nada mudou. Mas eu sonhei. Lembro que me perguntou como eu acho que sairemos dessa.

A essa altura, pouco importa a verdade. Eu escolho sonhar. Acho que sairemos sonhando. Espero que esteja tudo bem com os seus. Amiga. Querida. Fique bem. Cuide-se. Sonhe. Ninguém sairá dessa vivo mesmo. E o mundo já nem existe mais.

ps.: Espero que minha carta chegue na data que planejo.

a gente sempre volta pra lugar nenhum

Tempo. Tempo. Tempo. Transporto-me. Vou rasgando suas frestas. Era um quarto escuro por opção. Havia uma janela imensa grudada na parede lateral. Era um esconder constante. Tempo. Lembro-me de passar por duas fases em meus anos de formação. A primeira compreendia um entender incessante. Entender como tudo funcionava. Buscava nos cantos do quarto maneiras de não ser flexível. Deixar-se levar. Não ser objetivo. Lembro-me bem das tardes em meu quarto escuro. Das tardes quentes nas quais minha mãe passava horas fazendo lasanha na cozinha depois de chegar do trabalho. Meu pai brincava com suas ferramentas no quintal. Eu em meu quarto. Nesse tempo, tinha decidido que não iria mais almoçar. Era tempo de descobrir e gostava de testar as coisas. Era um exercício de vida. Brincar de vida. Vejo agora, neste instante, uma clareza nas ideias. Tempo. Nessa época minha mãe fazia lasanha no quarto escuro e eu voltava do trabalho em tardes nas quais decidi parar de almoçar e fui brincar com as ferramentas de meu pai. Era um quarto escuro por opção. Tempo. E o pôr do sol anunciava a decadência da aurora. Outrora. Tempo. Foram duas fases. A segunda foi da fuga. Foi de quando decidi, junto de minha mãe, sair correndo pelas ruas na escuridão. Vesti-me de homem com as ferramentas de meu pai. Era tempo de descoberta. Dessas que a gente vê na tv. Puxei-a pelo braço. Cravei-a. Meu pai nem nos viu. Estava no quarto escuro. Livrei-me das descobertas e penetrei nas veias de minha cidade quente. E ninguém me entendia. Nem minha mãe, que ficou triste porque não ia fazer mais lasanhas em tardes escuras depois de voltar do trabalho. O seu cheiro. Sua essência. Nunca mais. E eu a puxava sem parar. Rasgando sua camisola. E não olhava pra trás. Era tempo de fuga. Findada a descoberta. Fazia janelas imensas em suas paredes. Uterinas, internas, de onde vim. Maternas. O início. Tempo. E jamais voltarei. Já não tem mais o que aprender. E rasgava sua camisola com a força do querer. Meu pai brincava com as lasanhas no quintal. Minha mãe não vinha. E eu puxava e puxava. Transporto-me. Tempo. Vou rasgando suas frestas. Está na moda terminar com o começo. Tempo. Tempo. Tempo. Já não volto mais ao quarto escuro. Nunca mais. A gente sempre volta para casa.

fique em casa

Estão todos livres na Suécia. São loiros, ricos e livres. Deu no WhatsApp. No grupo. Falta de respeito. É uma falta de respeito comigo. Uma falta de respeito com meus amigos, com a história da minha família. Onde já se viu? Fica em casa. Desde quando não estar em casa é crime? Eles falam sobre direitos. Falam sobre deveres. Falam sobre liberdade. Falam sobre humanidade. Tem essa história dos pretos, dos viados, os travecos. Eles são especiais. Eles querem ser especiais. Fique em casa. Sabe quanto custa uma viagem? Cancelar é uma porcaria. Deu na televisão. As companhias não estão mais cancelando as viagens. A gente perde dinheiro por causa desses merdas. Eles querem a nossa ruína. Querem a nossa propriedade. Querem as nossas mulheres. Vi no WhatsApp. O grupo bombou o dia inteiro. Cheio de mensagem. Tem essa história dos pretos. Não tinham mais o que inventar. A mídia. A Globo. Fique em casa. Produziram uma propaganda. A cara de pau. Estão em suas ilhas. Estão todos em suas ilhas. Todos engalfinhados, rindo da nossa cara. Porra. Filha da puta. Ganhando o nosso dinheiro. Tirando a única coisa que temos neste país. Na Suécia estão todos livres. O presidente não consegue sozinho. Consertar esse país. A casa está uma porcaria. Sem a Rita.

Sem ela. Uma porcaria. Não posso nem mais chamar a empregada. É crime ter empregada agora. Caralho. Não consigo dormir. Acabou o barato. A cama está um nojo. Ela gruda em mim. A Rita não vem. Vou falar pra mãe. A gente paga o dobro. A gente busca ela. Pega as chaves. Sobe a favela. Busca ela. Cadê minhas chaves? Eles ainda falam sobre ficar em casa. A gente perde dinheiro. Eles ganham. Viados. Artistas viados. A vida não para. Foda-se o vírus. O mercado desce. A gente perde ações. Eles ganham. Porra. Gripe sempre teve. Que merda é essa? Eles têm algo maior. Deu no WhatsApp. Esse papo de vacina. Porra. Querem controlar tudo. A China, a mídia, os pretos, os travecos. Eles. Recebi do Carlos. Foi no WhatsApp. Foram eles. Vão vender a vacina. Essa merda vai controlar tudo. Fica em casa. Porra. Eles falam pra gente ficar em casa. É uma falta de respeito. Nesta merda de país quem faz certo é punido. Esses lixos se dão bem. Vagabundo. Funcionário público. Os pretos. Esses merdas. Ficam numa boa. A gente paga os impostos. O salário deles. Fica em casa. Agora eles fecham os bares, as festas, os shoppings. Falta de respeito. Lixos. Três meses sem cortar o cabelo. Estou horrível. A casa está horrível. Cancelei a viagem. Não saio mais pra correr. Cadê a Rita? O presidente. Pelo menos isso. Eu acredito no meu governo. Mas sozinho é impossível. O Paulo disse que vai ficar tudo bem. Vamos retomar. Chutar o cu dessas filhas da puta. O Paulo prometeu. As ações vão voltar a subir. As empresas voltarão. O capital estrangeiro também. Tudo vai ser bonito de novo. Vamos expulsar um por um. Colocar eles no lugar certo. Lá mesmo. Tinha que começar de novo. Colocar quem já tentou limpar tudo uma vez. Os de farda. Só tinha medo quem devia. Só morreu quem merecia. Eles iam saber o que fazer. Porra. Não corro há três meses. Minha barriga está horrível. Não aguento essa merda. A parada é correr, sair por aí. Vou falar pra mãe. Cadê as minhas chaves? As ações caíram. Acabou o dinheiro. A culpa não é minha. Agora é tudo com eles. É cota na faculdade, no trabalho, no puteiro. Porra. Não conseguem sozinhos. Precisam de ajuda. Porra. Que diferença tem? Eu, eles. Tudo igual. Quem é melhor, ganha. É assim a vida. Não dá pra entender uma merda dessas. País lixo. Essa avenida. Vazia. Sem carro. Tudo parado. A economia. Enquanto isso, na Suécia estão todos livres. Todos bem. Todos bem loiros. Porra. Fica em casa. Eles dominam tudo. Meu pai me avisou. Não dá confiança. Se dá a mão, pedem o braço. Jogou o lixo de um analfabeto na presidência, deu essa merda. Agora eles querem tudo. O braço todo. Os empregos, os cargos, os espaços. Preciso sair. Não aguento mais essa sacada. Essa sacada é tudo que tenho. Essa vista. Essa cadeira. Essa balança. Essa mesa. É tudo que eu tenho. Isso e as chaves. Cadê minha chave? Vou chamar o Fábio. Acabou o barato. Já estou ficando doido nessa sacada. E eles me pedindo para ficar em casa. Porra. Vai pra merda. Seus lixos. A gente não pode parar. A gente movimenta essa merda de país. Leva tudo isso nas costas. Vou sair. Pegar um barato. Dar uma animada. Ver a rua. Correr um pouco. Carlos chamou pra uma festa. É tudo que nos resta. Uma festa com particular. Longe de tudo. Uma mulher pra cada. Só. Senão chamam a polícia. Porra. Eles estão em suas ilhas. Este país cheio de ilhas. Essa é a merda. Foda-se o vírus, porra. É assim que tem que ser. Foda-se essa merda. País lixo. Vou dar uns tragos. É meu último. Acabou o barato. Fábio precisa trazer mais. Porra. Eu vou enlouquecer nesta sacada. Não consigo mais. Que merda. Pra Suécia. Pra lá que eu vou. Foda-se tudo. Cadê a Rita? Preciso dela. Acabou o trago, o café, o barato. Acabou o país. O país acabou na mão desses lixos. Sozinho. Sozinho o presidente não faz nada. Cadê a chave? A chave. Foda-se a Globo. O Paulo prometeu. Meu Deus, eu juro, o Paulo nos prometeu. O crescimento em V. As ações em alta. As construções de volta. Vou sair, porra. Eles estão em suas ilhas. Fazendo propagandas. Ganhando dinheiro. A gente pagando impostos, carregando esses bostas. Vou sair. Ligar pro Fábio. Ir pra festa. Cadê as chaves? Não tem ninguém nas ruas. Acabaram com a maior cidade do país. É triste. Os pretos, as putas, os viados, a China, a Globo, as vacinas. Essas merdas. A gente acaba com eles. Foda-se. Não vai sobrar ninguém. A gente mata eles. A chave, cadê a chave porra? Fica em casa é o caralho. Vou sair pra beber. Que se foda. Preciso das chaves. Sair de casa. Acabou tudo. Estou preso nesta sacada pra sempre. Foram eles. Plantaram essa paranoia em todo mundo. Pegaram o mundo só para eles. Não deixaram pra mais ninguém. Estou preso nesta sacada. Não sei onde estão as chaves. Vou morrer aqui. Sem liberdade nesta merda de país. É castigo. Ficaram é puto pelo nosso presidente. Fodam-se vocês. Eu tenho direito. Família. Dinheiro. Deus. Tudo do meu lado. Por que não posso sair? Esses lixos nem sabem o que é liberdade. Eu tenho direitos. Quero ir pra Suécia. Tenho dinheiro. Vou ligar pra mamãe. Ela sabe o que fazer. Vamos todos nós. Vou levar o Fábio. Ele não vai deixar faltar o barato. Nunca mais vou voltar. Lá não tem pretos. Os viados sabem o seu lugar. A vida tem sentido. Não tem cotas na Suécia. As empregadas não faltam ao trabalho. As ações sempre crescem. As pessoas não têm medo de uma gripe. Tenho faculdade das boas. O melhor curso de administração do país. Sei o que tenho que fazer. Sei fazer um negócio prosperar. Ganhar dinheiro. Igual meu pai. Igual minha família. Sei disso tudo. Mas neste país, cheio de pretos e de pobres, é impossível. Eu vou pra Suécia. Cadê minha chave? Porra. Estou preso nesta sacada. Ela é tudo que eu tenho. Não consigo abrir a porta. Alguém trancou. Foram eles. Esses merdas que estão em suas ilhas. Fazendo propagandas. Mandando a gente ficar em casa. Porra. Essa casa está horrível. Agora eu vejo melhor. Através da minha da porta de vidro. Eu vejo tudo. Tudo bagunçado. Essas merdas no chão. Acabou o barato. Eu vou enlouquecer nesta sacada. Está tudo uma grande merda. Vai todo mundo se foder. Eu odeio esses lixos. Vou levar minhas ideias de negócios para a Suécia. Eles saberão como usar. Meu capital será Europeu, como meus antepassados. Eles vão me aceitar por lá. Tenho dinheiro, sou branco. Sim. Caralho. Nem isso posso falar mais. Mas sim. Sou branco. Vou gritar de minha sacada:

branco, porra. O que eu posso fazer? Me pintar de preto para ficar igual a eles? Não. Nós não somos iguais. Eles precisam de ajuda. Ajuda do governo. Esses lixos. Eu vou sozinho. Caminho com minhas próprias pernas. Só preciso da Rita pra limpar essa sala, minha cama, fazer o café. Fábio pra trazer o barato, os tragos, as putas. Faz três meses. Que merda. Eu estou preso nesta sacada. Essa sacada é o meu país. E eu não consigo sair dela. Alguém escondeu minhas chaves. Não consigo sair mais. Só preciso entrar e pegar o meu computador. Entrar no site da Gol. Comprar minhas passagens. Ir pra Suécia. São poucos os passos até o paraíso. Lá todo mundo pode sair de casa. Não tem essas merdas da Globo. Todos em suas ilhas. A gente preso em nossas sacadas. Não dá pra aguentar mais tempo isso. A porra de um vírus chinês. Uma gripe. Eles inventaram qualquer merda. Estavam sem o controle. A gente estava no poder. Compraram todo mundo. Disseram que a gente não podia sair. Ficaram com tudo só para eles. Mas que merda. A rua. O barato. As festas. A Suécia. Os europeus. Estão todos esperando por mim. Um lugar melhor. Eu preciso sair daqui. Levar minhas ideias para longe deste país cheio de cotas. Acumular mais dinheiro. Mais poder. Mais empresas. Parar de pedir pra mamãe. Ter minha empresa. Colocar em prática tudo que aprendi na melhor faculdade de administração do país. Sem ajuda de nada. Fazer os negócios prosperarem. Vou falar com o presidente. Ele é o único que não foi comprado. Ele e o Paulo. Eles vão me atender. O único que pode nos salvar. A Suécia pode vir para cá. Vamos sair de nossas sacadas. Encontrar as chaves. Pegar os baratos. Fazer as festas. Bater nas putas. Administrar nossas empresas. Contratar os pretos. Como sempre foi nesta merda do país. Os viados vão para o lugar deles. A Globo vai embora do país. Enganar outros otários. Seremos a primeira filial da Suécia fora da Suécia. O Brasil é uma empresa. Quem não presta, vai embora. Porra. E eles pedem pra gente ficar em casa. Quero minhas chaves. Onde eu deixei essa merda? Sair de casa. Estou preso nesta sacada. Merda. Do vidro eu vejo meu apartamento. Minha vida. Todo bagunçado, esperando pela Rita. Ela mora nos infernos, mas posso buscar ela. É lá que Flávio pega o barato. Se pudesse, eu pegaria minhas chaves, buscaria o barato, traria Rita para casa e deixaria ela limpando tudo. Como deve ser. Merda de país. Fodeu com a minha casa. Vou ligar pra mamãe. A gente vai pra Suécia. Ela compra as minhas passagens e depois eu devolvo com o dinheiro das ações. As ações que só sobem na Suécia. Está na hora de casar. Vou encontrar uma mulher na Suécia. É neste país que vou encontrar minha esposa. Lá só tem loiro. Minha mulher vai ser loira, branca. Igual eu. Nossos filhos serão loiros e brancos. Igual eu e minha esposa sueca. Europeu igual meus familiares. Só preciso encontrar as minhas chaves. Entrar neste apartamento imundo. Ligar pra mamãe. Pegar meu computador. Chamar o Fábio no WhatsApp. Pegar o barato. Chamar uma puta. Pegar a Rita. Correr na rua. Ir para a Suécia. Dirigir até o aeroporto. Lá é o nosso céu. E Deus sabe do que estou falando. Famintos. Agora exigem direitos até para os seus amigos bandidos. Direito é coisa para quem merece. Coisa para quem é direito. Famílias de bem. Bem de verdade. Para quem paga os impostos, sustentam essa merda de país. Para pagar serviços públicos que nem usamos. Eles deveriam agradecer. Porra. Deveriam agradecer. Mas não. Querem é mais direitos. Minha chave. Cadê a porra da minha chave? A Rita deixava sempre na mesa da cozinha. Agora não está mais lá. Eu não vejo. Que merda de país. Escondem a minha chave. Não têm ideia do que estão fazendo trancando gente igual eu. Família boa. Meses não vou a porra de um restaurante. Que merda. A avenida vazia. Nunca vi essa avenida tão sozinha. Sem carros. Sem pessoas igual a mim. Sem pessoas no shopping. Sem pessoas comprando. Sem pessoas felizes. Estão todos em suas sacadas. Era isso que eles queriam. Trancados por causa de uma gripe. Merda de país. Vou ligar pra mamãe. Deve conhecer alguém na Suécia. Vamos todos para lá. Irei administrar empresas. Pegar uns baratos. Sair com meus amigos loiros igual a mim. Correr pelas ruas brancas. Sem gripe, sem medo deles. Cheia de neve. Viver em liberdade completa. Deus sabe como desejo ir para a Suécia. Meu Deus. Você sabe o quanto eu quero ir. Olha essa avenida. Vazia. Nunca vi nada igual. Eles conseguiram. Venceu o vírus. Perdeu o Brasil. Esse país derrotado. Todos querem direitos. Ninguém quer trabalhar. Têm inveja de quem tem dinheiro, carro, sacada. É tudo que eu tenho. Isso e as minhas chaves. Cadê porra. Sem a gente, não seriam nada. Os empregos. A comida. A casa. A saúde.

A educação. A aposentadoria. A luz. Tudo foi construído por nós. Tudo é sustentado por nós. Mas querem mais comida. Famintos. Querem direito. Querem prender a gente. Têm medo da concorrência. Precisam de cotas. De choro. De ajuda. Lixos. Merdas. Eu tenho nojo. E não posso mais falar nem isso. Se ofendem com tudo. Não posso dizer que sou branco. Que minha família tem dinheiro. Não posso dizer que são preguiçosos. Não posso mandar trabalhar. Não posso ir na porta da Rita e arrastar sua carcaça murcha para o seu lugar. Porra. Vou quebrar esse vidro. Não estou bem. Minha saúde mental. Eles não pensam nisso? Ficar trancado em casa. Todo esse tempo. Sem ver ninguém. Isso é uma merda. Quero administrar minhas empresas. Quero viver uma vida tranquila. Quero ser europeu. Quero ser mais branco. Não faço mal para ninguém. Peço os serviços bem feitos. Só isso. Não é pedir muito. Comida na hora. A roupa lavada. A sala limpa. A esposa limpa. Os filhos loiros. O barato. As ações em alta. Só isso. Não é possível que seja tão difícil. Eu já não peço nada desse país. Não peço nada. Não sou igual a eles. Quero minha vida fora daqui. Fora desta sacada. Quero levar o presidente comigo para a Suécia. Lá ele vai ser feliz. Igual a mim, minha família, minha futura esposa loira e meus filhos mais loiros ainda. O Paulo vem com a gente. Todo mundo feliz longe deles. Deus. Preciso entrar neste apartamento. Eu não aguento mais essa sacada. Apesar de ela ser tudo que eu tenho. Quero entrar. Mas esconderam as chaves. Roubam tudo. Não pode dar confiança. O presidente analfabeto. Burrice porra.

A avenida. Tão vazia. Eles impediram todos de entrar em suas casas. Acabou o barato. Três meses. Meu Deus. Estão todos em suas sacadas. Presos. É o décimo quinto andar. Posso tentar. A Suécia me espera. Minha esposa loira me espera. Ela já está grávida dos meus filhos loiros. Eu posso. Eu tenho conhecimento. Vou para a Suécia. Fiz administração. Isso não é um país de verdade. Porra. A avenida. Está vazia. Sem ninguém. É para lá. É nessa direção. Além da sacada. Ligar para mamãe. Vamos todos para o Aeroporto. Deixaremos eles neste inferno. Vou. Vou. V...

flash

Nome: Carneiro de Sousa Filho. Nasceu no Recife, na rua Joaquim Nabuco, em 1996. Divorciado, sem filhos. Altura: um metro e sessenta e oito, sem sapatos. Colarinho número 40 (pescoço forte!). Sapatos número trinta e nove. É míope, usa óculos e se sente feliz por isso. Tem ficado bastante surdo com a idade e se sente muito infeliz por isso. Já ficou duas vezes sem fumar e não se sente feliz por isso porque acha (como Pedro Dantas, Presidente Prudente) que é mais fácil deixar de fumar do que fumar pouco. Acorda às seis e meia, deita-se à meia noite. Agradece os livros que recebe e responde aos e-mails, danado da vida, mas responde. Gosta de crianças e de animais, sobretudo de peixes. Não gosta de laranja, nem de melancia. É contra os regimes totalitários, da direita e da esquerda, contra a lei do inquilinato e contra as mídias sociais. Suas orações: Padre Nosso e os versos de Verlaine "segneur, délivrez moi de l'orgueil toujours bête". Cada vez mais admira e estima o poeta Manuel Bandeira e diz "quem não concorda, que vá para os diabos!". Poeta brasileiro de sua predileção: o citado. Romancistas brasileiros de sua predileção: Elvira Vigna. Contistas de sua predileção: Clarice Lispector, Borges e todos os lacanianos. Seu cronista predileto: o velho Braga. Pintores brasileiros de sua predileção: Abdias do Nascimento e Cícero Dias da primeira fase. Escultor brasileiro da sua predileção: desconhece a arte. Compositores brasileiros da sua predileção: despreza a arte. Pertence ao partido socialista por comodidade. Primeiro livro de ficção que leu na vida: *coração*, de Amicis. Não é requintado: gosta de jiló, cinema falado, rádio e de poetas de rua. Ama caminhar e andar de metrô. Seu maior amigo: não tem. Detesta escrever para a imprensa e falar em público. Não tem religião, mas tem simpatia por todas. Se pudesse recomeçar a vida, gostaria de não ter se casado e ter se formado arquiteto. Arte da sua predileção: literaturas. Gosta dos antigos e modernos, preferindo acima de todos Bach. Gosta de todo o gênero de leitura, sem predileção. Tem medo de ter medo de morrer. Escreve na máquina, sem previsão para abandonar o vício. Gosta mais de visitar do que de ser visitado. Não tem criado nem secretário, preparando ele mesmo o seu café da manhã de sempre: ovos e café com leite. Sabe fazer muito bem o seu doce de leite. Gosta da solidão. Maior feito: com um poema publicado no jornal, conseguiu que o prefeito Mendes de Morais mandasse asfaltar a calçada de sua casa. Se casou e perdeu a vez do amor. Ri com muita facilidade porque é dentuço. É feio. É homem de muitos amigos. Como Valéry, raramente faz versos, mas, em matéria de poesia é o anti-Valéry: acredita e confia na inspiração. Guarda pelo Recife a sua ternura de infância. Costuma veranear na cidade de Inhotim. Não se consola de ter estado três dias em montevidéu sem conhecer a cidade. Publicou o seu primeiro livro aos cinte e cinco anos faz verso desde os quinze anos de idade. Já tocou violão e sabe executar ao piano dois prelúdios de Chopin, um número de carnaval e uma peçazinha de Mac-Dowell. Lista de coisas que mais detesta: tirar retratos, resolver burocracias, ver figuras, ler suplementos literários, bestar. Suas memórias mais antigas remontam aos três anos de idade. As mais recentes: essas palavras. Gostaria de morrer de repente, mas em casa.

tempos ainda sem nome

para CFA.

(Dois homens estão sentados um de frente para o outro)

A. Você já viu eles?

B. Hein?

A. Eles.

B. Eles quem?

A. Eles estão aqui.

B. Quem?

A. Estão em toda parte.

B. Nunca vi eles.

A. Como pode não ver?

B. Não sei quem são.

A. Estavam aqui agora mesmo.

B. Não vi.

A. Não viu quem?

B. Eles.

A. Não viu?

B. Como se vestiam?

A. Não vestem.

B. Como eram?

A. Não são.

B. São homens?

A. Não.

B. Mulheres?

A. Não.

B. Crianças?

A. Não.

B. Velhos?

A. Não.

B. Cachorros?

A. Não.

B. Não são nada?

A. Não.

B. Como pode vê-los?

A. Como pode não os ver?

B. Tem algo estranho com você?

A. O quê?

B. Não sei.

A. São eles?

B. Já disse que não sei quem são.

A. Vão prender você.

B. Por que não sei quem são?

A. Também.

B. Se eu souber, me deixam em paz?

A. Não.

B. Não tem saída?

A. Não.

B. Estão aqui agora?

A. Sim.

B. Em que direção?

A. Nenhuma.

B. São ruins?

A. Não.

B. Bons?

A. Não.

B. O que são?

A. Só são.

B. Como pode?

A. Só pode.

B. Vigiam a gente?

A. Sim.

B. Como?

A. Não sei.

B. O que querem?

A. Nada.

DANILO BRANDÃO

nasceu em São Paulo (SP) em 1996 e vive em Londrina (PR) desde 2014. Formado em jornalismo pela Universidade Estadual de Londrina, *Tempos ainda sem nome* é seu livro de estreia.

este livro foi editado

no inverno

de 2022